O. Glaubrecht

Neue Erzählungen aus dem Hessenlande

O. Glaubrecht

Neue Erzählungen aus dem Hessenlande

ISBN/EAN: 9783743453586

Hergestellt in Europa, USA, Kanada, Australien, Japan

Cover: Foto ©Andreas Hilbeck / pixelio.de

Manufactured and distributed by brebook publishing software (www.brebook.com)

O. Glaubrecht

Neue Erzählungen aus dem Hessenlande

Neue Erzählungen

aus dem Hessenlande

von

O. Glaubrecht.

Zweite Auflage.

Stuttgart.
Verlag von D. Gundert.
1870.

Vorwort.

————

Hier kommt das zweite Bändchen der „Erzäh=
lungen aus dem Hessenlande", den Freunden der ersten
Sammlung eine vielleicht nicht unliebe Gabe. Es ist
wieder Altes und Neues, des Letzteren nicht wenig,
lauter Gewächs auf den Bergen und in den Thälern
des lieben Hessenlandes aufgeschoßen und zu einem
Strauße vereinigt. Wie ich ihn sammelte, da wollte
es mich oft bedünken, als wenn meine Heimat doch
gar reich sei an den Blumen eines kräftigen Men=
schenschlages und eines treuen Herzensschlages, wenn
man anders zwei Sinne zum Finden mitbringt, ein
klares Auge für Farbenschönheit und einen zarten
Geruch, dieser Feld= und Waldkräutlein Duft auch
unter den Schlehenhecken aufzufinden.

In der Vorrede zum ersten Bändchen, das wol
auch bald in einem neuen Gewande erscheinen dürfte,
habe ich gesagt, es gäbe auch im Hessenlande eine
Menge kleiner Histörchen, die von Mund zu Munde

giengen, die sich aber nicht leicht schriftlich wiedergeben ließen, weil man fürchten müßte, man nähme diesen flüchtigen Sommervögeln die Farbe, wie dem Schmetterling, den ein Kind fängt; sie müßten genoßen werden wie die Erdbeeren im Buchenschlag, frisch vom Stocke weg, ehe sie den Duft verlieren.

So mein ichs auch heute noch, und denke dabei an so manches „Gesprächspiel", das ich schon in Ernst und Kurzweil mit lieben Freunden gehabt habe, wo dann, wie manchmal zum Nachtisch mit Brodküchlein, so mit diesen Histörchen um sich geworfen ward, und wobei eines aus dem andern springt, bald ein Engelchen, bald ein Teufelchen.

Und diese einzufangen, und in den Käfig der Erzählung einzusperren, wie der Vogelliebhaber allerlei Gevögel: Schwarzköpfchen, Distelfinken, ja selbst lose Zeisige, das habe ich versucht und das Gemisch „Wegerich" genannt. Und so möge denn auch dieser Versuch dem lieben Leser zur Kurzweil dienen, aber hoffentlich keines der Histörchen zum Ärgernis, denn dazu sind sie nicht angethan. Wer über Dummheit und Schalkheit nicht lachen kann, der, fürcht ich, kann sich auch über die Wahrheit von Oben nicht freuen, wenn sie ihm aufgeht wie die Sonne über den Heimatbergen.

Lindheim, 9. October 1859.

———

Ein Gottesgericht.

———

„Kommt Lieb und Treu, die wär gern ein,
So will Niemand ihr Thorwart sein;
Kommt Wahrheit dann und klopfet an,
So muß sie lang vor der Thüre stahn;
Kommt Gerechtigkeit auch vor das Thor,
So findt sie Ketten und Riegel vor;
Kommt aber der Pfennig geloffen,
So findt er Thür und Thor offen.“

„So ist's, Herr, und so bleibt's, wenn auch die Großhanse und die Superklugen darüber die Köpfe schütteln, alle fünfzig Jahre hängt der Bettelsack an einer andern Thüre! Meinet nicht, ich hätte Hesekiel am achtzehnten vergeßen: ‚Was treibt ihr im Lande Israel dieß Sprichwort: die Väter haben Herlinge gegeßen, aber den Kindern sind die Zähne davon stumpf geworden?‘ Das Wort kenne ich genugsam, aber ich kenne auch das andere: ‚Prediget von den Gerechten, daß sie es gut haben, denn sie werden die Frucht ihrer Werke eßen; wehe aber den Gottlosen, denn sie sind boshaftig, und wir bißnen vergolten werden, wie sie es verdienen.‘ So lautet das Schriftwort und daran glaub ich und laße mich daran nicht irren; aber wie nun unser Gott seine Gedanken des Friedens und der Zucht ausführe, das zu ergrübeln, steht uns nicht zu, denn da ist sein Weg so geheimnisvoll, daß kein Menschenverstand in diese Tiefe des Reichthums, beides der Weisheit und der Erkenntnis, hinabreicht."

So ungefähr sprach der alte Hornbreher Matthes, und ich hörte ihm gerne zu. Gieng ihm etwas durch den Kopf und hatte er seine redsprächige Stunde, dann fieng er gewöhnlich mit einem Sprichwort an, und be= stätigte das durch ein Gotteswort, und dann kam eine Geschichte als Nutzanwendung. Und ich hörte den alten Hornbreher gerne seine Geschichten erzählen, denn sie waren aus ferner, oft sehr ferner Vorzeit, waren vom Vater oder Großvater ihm erzählt, reichten viel= leicht theilweise bis in die Zeiten des dreißigjährigen Krieges hinauf, und es lag in ihnen, auch in den schreck= lichsten, etwas so Versöhnendes wie in dem Rasenteppich, der das Grab auch des Verbrechers mit Blumen über= zieht. Mir war es manchmal, wenn ich den alten Hornbreher erzählen hörte, als stünde ich auf einer Ruine der Vorzeit, wo zwischen Steintrümmern Kraut und Strauch sich emporwinden und ranken, und als hätten die Trümmer plötzlich Leben und Stimme er= halten und redeten nun von einem längst vergangenen Geschlechte, von seinen Schmerzen und Sünden, von seinen Leiden und Freuden. Und hat nicht das gesunde, lebensfrische, in Gottes Wort und Lebenserfahrung erstarkte Menschenalter diese letzte Aufgabe und Sendung an das Geschlecht dieser Zeit und aller Zeit? „Denn bei den Großvätern ist die Weisheit, und der Verstand bei den Alten."

Das hab ich oft bedacht, wenn ich dem alten Matthes zuhörte und ihn ermuntert, daß er das Gespinnst
abwickeln möchte, dessen Knäuel er in der Hand hielt.
So sagt ich auch heute: „Alter, worauf geht dießmal
das Sprichwort hinaus: ‚Alle fünfzig Jahre hängt der
Bettelsack an einer andern Thüre?' — „Worauf das
hinausgeht?" gab er zur Antwort, „da seht einmal
von hier aus über den Kirchhof hinweg zwischen den
beiden Birnbäumen hindurch, von denen der eine zu
des Peter Wacker Hofraithe und der andere meinem
Nachbar, dem Schmid, gehört. Sie sind beide sehr alt
und sahen, wie mich dünkt, schon so aus, als ich noch ein
kleiner Bube war; ich glaube, der mocht die Sorte, die
sie tragen. Denn das neue französische Obstzeug, das
sie jetzt in den Gärten ziehen, bleibt krüppelhaftig und
sieht nach Brand aus von Jugend auf. Aber so eine
Maibelbirne, die erst um Christtag weich wird, die
wächst euch dafür auch auf einem Stamm, der nach hundert Jahren noch aussieht wie heute. Doch nichts für
ungut, da wollte ich von der Peter Wacker Hofraithe
erzählen und gerathe unter die Birnbäume; aber kein
Wunder das, alte Leute haben langsame Gedanken."

„Nun zwischen den Birnbäumen hindurch seht ihr
den Giebel von des Peter Wackers Haus. Es steht,
wie ihr schon werdet gemerkt haben, sehr schief und die
Wetterfahne oben darauf noch schiefer, und wenn der
Wind geht, dann greint das alte Blech, daß man meint,
es habe etwas von Menschengefühl in sich und beklage
die versunkene Herrlichkeit des Hauses, auf dem es sich
sonst leicht und spielend drehte. Wird auch gerade nicht
lange mehr zu greinen haben, das alte Blech, denn
wirft der Sturm nicht einmal das Gerümpel um, so

1 *

muß die Gemeinde ein Einsehens haben, und es nieder=
reißen laßen, denn es ist vor Gott nicht erlaubt, die
alten Leutchen, die da drinnen hausen, der Gefahr aus=
zusetzen, lebendig unter die Trümmer des Peter Wackers
Haus begraben zu werden. Es liegt ohnehin genug
dort begraben an gutem Gewißen und Frieden, und
das alte Gerümpel ist eine gar beredte Predigt über
den Spruch: ‚Wie Einer liest die Bibel, steht seines
Hauses Giebel‘.

„In der Zeit nun, von der wir mit einander reden,
stand der Giebel des Hauses noch aufrecht und stolz
da. Das Gebäude sah auf einen großen Hof herab
und auf eine Menge Ställe und Scheunen und Schop=
pen. Mitten im Hofe sprang ein Brunnen und auf
der breiten gewaltigen Miststätte trieb sich eine unzähl=
bare Menge von Federvieh aller Art umher. Und über
diesen Hof und durch diese Räume, die jetzt alle von
den Nachbarhäusern verschlungen worden sind bis auf
das Gerümpel mit dem schiefen Giebel, das kaum für
sich und den Birnbaum ein sonnenloses Eckchen be=
halten hat, schritt damals die hohe stolze Gestalt des
Peter Wacker. Wie ich den Mann noch im Gedächt=
nis habe, und so ein Kind ist gar behaltsam, so war
er eines Kopfs größer denn alles Volk um ihn her,
war schwer von Leibe, hatte ein sehr rothes und frisches
Gesicht und sein Mund lächelte fast beständig, denn es
gieng dem Manne sehr gut. Er aß für drei Mann, und
hatte täglich etwas Gutes auf seinem Tische, er schlief
jede Nacht so fest wie ein Mühlbursche zwischen dem
Auffüllen, und was er unternahm, das gelang ihm.
Noch heute haben wir ein Sprichwort im Dorfe, das
heißt: das wächst wie des Wackers Flachs. Denn von

einem Mißrathen war auf den Äckern des Wacker keine
Rede, und hatte Niemand Obst, so trugen wenigstens
des Wacker Bäume. Ich denke, der Mann war neben
seinem Glück, das von Gott kam, ein sehr kluger Bauer,
wußte Jahr und Zeit gut zu nutzen und verstand den
Feldbau aus dem Fundament. Dabei hieng aber auch
sein Herz an seinem Acker wie die Klette am Wams
des Buben, und Acker zu Acker zu kaufen und zu
tauschen und seine Flur wachsen zu machen, daß er sie
kaum übersehen konnte, das war seine Lust, und für
diese Lust gab er Alles hin, Gewißen und Seligkeit.
Denn hatte er einmal an dem Acker oder der Wiese
eines Nachbars, wie man sagt, seinen Narren gefreßen,
dann gieng es ihm wie dem Ahab mit Naboths Wein=
berg. Er gieng umher wie ein Träumender, aß und
trank nicht und gebärdete sich wie ein ungezogener
Junge, der für das Fest um eine neue Kappe lamentiert.
Ließ man ihm die Augenweide, weil man Streit und
Drangsal vermeiden wollte, so war der Mann etliche
Tage wie ein Kind am Weihnachtsmorgen, tractierte
Knechte und Mägde, gab den Armen reichlicher denn
sonst, und ward dem willigen Verkäufer auf lange ein
guter Freund. Wollte aber einer wie Naboth sein Erb=
gut nicht laßen, oder weil er dachte: Jeder ist sich selbst
der Nächste, dann hatte er sich an dem Wacker einen
schlimmen Feind gemacht. Es ist nicht zu erzählen,
was der reiche Mann Alles that und unternahm, um
einen solchen Halsstarrigen, wie er ihn nannte, zu züch=
tigen und zum Nachgeben zu bringen. Da war ihm keine
Summe zu groß und kein Mittel zu gemein und schlecht,
das er nicht anwandte, und was List nicht vermochte, das
that Gewalt, und aus jedem solchen Handgemenge gieng

der Peter Wacker wie ein gekrönter Sieger hervor und
ward dadurch immer stolzer."

„Ihm diente Alles im Orte, vom Gänsehirten hinauf
bis zum Amtmann, und es sollen damals zwischen
Licht und Dunkel in dem Wackershause Dinge vorge=
gangen sein, wobei es sich nicht bloß um Geld und
Geldeswerth, sondern um Seelen Seligkeit verführter,
verderbter Menschenseelen handelte. Später, als der
Wacker älter wurde, als sein Lohn sich in Weinen ver=
wandelt hatte, da soll er manchmal Geister gesehen
haben und von ihnen verfolgt, aus dem Hause gefahren
sein, als greife Jemand nach ihm. Damals, sagte man,
schlief er nicht gerne allein und fragte dann wol den
Mann, der ihm Gesellschaft leistete, ob er nicht Ge=
schrei von kleinen Kindern höre, oder so einen Ton, als
wiege eine Mutter ihr Kind und singe dazu in leiser
Weise. Das hat man sich denn so gedeutet, als sei es mit
dem Peter Wacker auch im Punkt des sechsten Gebotes
nicht richtig gewesen. Davon kann ich aber nichts sagen,
denn ich war dazumal noch ein Kind und die Leute
dichten gar viel, zumal wenn sie selber nicht pur sind
in diesem und jenem Stücke. Daß aber der Peter
Wacker ein feister, ungerechter, zorniger und häßiger
Mann mit einem stets lachenden Angesicht war, das
steht richtig, denn so habe ich ihn gesehen, und daß er
Unterwürfigkeit verlangte von Alt und Jung, von Vor=
nehm und Gering und den vexierte und drangsalierte,
der sein Haupt nicht vor ihm beugen wollte, das weiß
ich auch. Wir Buben hatten vor seinen derben Fäusten
einen solchen Respect, daß wir seinen Obstgärten zehn
Schritte aus dem Wege giengen, als hätte daran ge=
standen: hier sind Fußangeln gelegt; und sahen wir

ben gefürchteten Mann in der Ferne, so flogen die
Kappen vom Kopfe, auch wenn es regnete oder hagelte.
Denn Hagel und Regen gab's, wenn einer ohne Gruß
und Respect vorüber gieng."

„Damals hatten wir in der Gemeinde einen Pfar=
rer, der war ein altes dünnes Männlein, aber voll
Glaubens und Ernstes in seinem Amte. Und so schüch=
tern und so still er war, wenn er in der Gemeinde aus=
und eingieng und so wenig man seine Stimme auf den
Gassen hörte, was damals zum Amt gehörte, daß die
Buben auf der Straße geprügelt, vom Eis und aus
dem Waßer getrieben wurden, und anderes Amtsge=
tümmel mehr, so laut und unerschrocken war der alte
Pfarrer, wenn er auf der Kanzel stund. Da kannte
man ihn gar nicht mehr, und die Streiche gegen die
Sünden der Gemeinde und des Einzelnen fielen so
hageldicht und so sicher und schlußgerecht, daß Jeder
schier dann und wann seine Lection mit heimnahm, und
das schweigend. Nicht so der Peter Wacker; der wollte
auch in der Kirche den Herrn spielen. Einmal kam er
stets zu spät und humpelte dann zum Ärger der Ge=
meinde mitten durch die Kirche, dann dauerte es lange,
bis er sich in seinem Stuhl zurechtgesetzt und sich weid=
lich geräuspert hatte, dann riß er den Gesang an sich,
daß der Präceptor auf der Orgel mit den Schülern
das Gleichgewicht verlor, und that überhaupt im Got=
teshause, wie daheim in seiner Hofraithe, wo er nach
Herzensbelieben prügelte, schalt und ausspuckte, und nie
sagte, wohin es fiel."

„Nun war aber unser alter Pfarrer kein Mann,
der so etwas ertragen konnte. Der Eifer um des HErrn
Haus verzehrte ihn schier, und der stolze Bauer bekam

nicht selten von heiliger Stätte herab eine solche Last
von Spießen und Nägeln in sein giftgeschwollenes Herz,
daß er blau ward vor Ärger wie ein Truthahn und
gerne geschrieen hätte wider den Pfaffen, wie er das
später zu Hause that. Während der Lection begnügte er
sich einstweilen mit Brummen, daß es durch die Kirche
schallte, wie wenn ein Bär an seiner Kette zerrt. Dar=
über erboste sich denn wieder der Amtmann, wenn er
zufällig auch da war, was so gar häufig nicht vorkam;
aber den Kirchenschänder zu strafen, das fiel ihm nicht
ein; denn wißt, Herr, eine Hand wäscht die andere,
und schweigst du mir, so schweig ich dir, und die Herren
Amtleute in den ritterschaftlichen Dörfern hatten meist
ein Gewißen, wie die Buben in den Flegeljahren, die
man auch täglich zausen kann und sie fragen gar nicht
warum."

„Die Zucht, die der stolze Wacker in der Kirche er=
fuhr, war überhaupt die einzige, die ihm zu Theil ward,
sonst beugte sich Jedermann vor ihm und ich habe
mir sagen laßen, selbst die gnädige Herrschaft habe es
nicht an Complimenten fehlen laßen, wenn sie zufällig
im Dorfe anwesend war, denn der Wacker verstand es
so recht, den Angenehmen zu machen, wenn er wollte,
und seine schönste Seite zu zeigen. Und vor Geld
bückt sich nun einmal die Welt, ob sie klein oder groß
sei, das ist einerlei, wie könnten sonst Juden und Ju=
bengenoßen Hofräthe und Barone sein mit Ordens=
bändern und Sternen! Das ist so meine Meinung."

„Nun, unser HErrgott hat auch die seine und hatte sie
wahrscheinlich schon lange, ehe es mit dem Peter Wacker
zu bösen Häusern gieng. Das rechte Schwein war nur
noch nicht geschlachtet, aus deßen Speck ihm die Falle

gestellt werden sollte. Doch auch das fand an Satan
endlich seinen Metzger und auf der Metzelsuppe giengs
noch einmal hoch her. Der Peter Wacker hatte eine
Tochter, die hieß die schöne Ursel und war auf weit
und breit wegen ihres Angesichtes und ihrer Ducaten
berühmt, so daß die Freier zu Dutzenden ankamen, ge=
fahren und geritten, zwei= und vierspännig, wie sie es
gerade vermochten. Aber die Ursel war sehr apart
und ihr Vater noch aparter, und Einer nach dem An=
dern zog mit einer langen Nase ab, denn der Wacker
scheute sich nicht, dem Einen zu sagen, daß er Tropf
ohne Kopf, und dem Zweiten, daß er ein Hasenfuß sei,
und dem Ditten gab er zu bedenken, daß so ein Bet=
telmann mit lumpigen dreißig Tausend wie er kein Ge=
genstand sei, den seine Ursel auch nur mit der Zange
anfaße. Aber da saß bei Hanau an der Kinzig damals
ein Müller, der verstand es gleich dem Wacker jeden
Sack dreimal zu maltern und hatte durch diesen und
andere Hand= und Kunstgriffe ein so schön Sümmchen
zusammengearbeitet, daß er manchen Grafen hätte fra=
gen können, ob seine Grafschaft feil sei? Auf den Mül=
ler warf der Peter Wacker sein Auge; wenn der als
Freund kam, dann flogen Tauben zu Tauben, und so
zwei Geldhasen zusammengethan, die mußten ja hecken
wie die Feldhasen im Mai. Das waren seine eignen
Ausdrücke. Zwar sagte man ihm dieß und das von
dem Müller, wie der ein grausamer Processer sei und
wie kein Vertrag, noch so fein verklausuliert, von ihm
gehalten, sondern zum Schaden seines Widerparts um=
gestoßen und verwirrt werde, auch daß viel unrecht
Gut in der Mühle liege und das thue nicht gut und
komme selten an die dritten Erben, und wie der Mül=

ler von Gestalt und Angesicht gerade nicht zu den
schönsten Mannsleuten gehöre und der schmucken Ursel
am wenigsten gefallen könne. Aber die Ursel lachte dar=
über und meinte, wer wolle schelten hören, der müße
nur freien, ihr sei der Müller schön genug, und der
Peter Wacker nannte den einen Dummkopf, der von
unrechtem Gut rede, denn kein Betbruder könne es
einem Kreuzer ansehen, wie oft er durch der Schurken
Hände gegangen, und über die Pfiffigkeit des Müllers
dachte er bei sich selbst: an mir findest du deinen Mei=
ster; warte nur, Müller, gehst du mir in's Garn, so
sieh dich vor, daß du ungerupft davon kommst. Nimmst
du meine Tochter, so ist dein Beutel der meine. Ver=
standen, Meister Müller?" —

„Und es schien, als wenn der Meister Müller an
der Herausforderung ein Gefallen hätte, und als wenn
die beiden Geldsäcke auf einander los gehen wollten,
wie die Stiere auf der Pfingstweide. Gehörig bear=
beitet und gelockt und mit wäßerndem Mund, wie ein
Kind nach dem ersten Pflaumenkuchen, kam der reiche
Müller wirklich zu dem reichen Bauern, und wie sich
die beiden so gegenüber stunden und in die schlauen
Augen hineinsahen, da bekamen sie vor einander Respect,
wie zwei Löwen von gleich scharfen Zähnen und Krallen.
Aber der sie zusammengeführt, der Lügner von Anfang
an, der ließ sie einander auch die Hände reichen, der
schob ihre Arme in einander, als sie von Stall zu
Stall giengen, das Vieh zu mustern, und von Acker zu
Acker, das Feld zu taxieren; und nachdem der Bauer
den Müller hatte wie durch Zufall auch einen Blick
in seine Geldkiste thun laßen, wo es buntfarbig aus=
sah, nämlich weiß und gelb, da merkte der Müller

daß die Urſel ein ſchönes Weibsbild ſei, wie er noch
keins erſchaut, und die Urſel fand die Pockennarben des
Müllers wie Schönheitspfläſterchen, und der reiche
Müller trat als Freier auf.“

„So befriedigt aber der Müller von der gethanen
Beſchauung war, ſo mißlich erſchien ihm ein Umſtand,
den man ihm verſchwiegen hatte. Es trieb ſich nämlich
in Hof und Stall noch ein Knabe umher, der den
Wacker Vater nannte, und auch in Wahrheit ein rechter
ehelicher Sohn des Hauſes war, mit dem einzigen
Unterſchiede, daß er lange nach der Urſel geboren war
und ſeine Mutter das Leben verloren hatte, als ſie
ihm das ſeine gab. Der Knabe, mit Namen Konrad,
war von Natur aus überaus gutmüthig, ließ ſich leicht
mißbrauchen und hatte überhaupt wenig Grütze im
Kopf, weßhalb der Schulmeiſter ſeine große Noth mit
ihm hatte. Sonſt aber war er in Haus und Feld brauch=
bar und verſprach ein tüchtiger Bauer zu werden. Das
merkte der Alte bald und ſein Herz hieng an dem Bu=
ben mit dem einzigen Liebesband, das ihn überhaupt
an Menſchen knüpfte. Denn die Urſel war ſein Staats=
kind, ſein Verzug, ſein Spielwerk, aber der Knabe war
ſein Herzenskind und ſollte einſt ſeine Stütze im Alter
werden. So hatte der reiche Mann ſich die Sache
ausgedacht; die Urſel dagegen hatte in Bezug auf ihren
Bruder bis dahin gar nichts gedacht; ſie beachtete ihn
kaum, und daß dieſer träumeriſche Junge jemals mit
ihr gleiche Rechte haben könne, das kam ihr gar nicht
in den Sinn, ſie war nach ihren Begriffen des reichen
Wacker einzige Erbin.“

„Dieſe Vorſtellung, in einer rechten Stunde an
en rechten Mann gebracht, beſchwichtigte auch die Be=

benken des Freiers und die Hochzeit warb gehalten.
Der Peter Wacker ließ es sich nicht nehmen, sie mußte
bei ihm gehalten werden, sein Hochmuth und der Geiz
seines Eidams kamen sich da vortrefflich entgegen und
mehrere Tage gieng es in des Peter Wackers Hof=
raithe her, als flöße der Wein aus dem Röhrenbrun=
nen im Hofe. Daß zuvor der Ehepackt gehörig ver=
clausuliert und von beiden Seiten mit aller möglichen
Klugheit herüber und hinüber geworfen worden war,
bis er die rechte Mitte hatte, dessen rühmte sich der
Peter Wacker schon am Hochzeitstag gegen ein paar
gute Freunde, und die brachten das Gehörte treulich
dem Eidam wieder zu, und von dem hörte es die Ursel,
und die lachte und sagte: Mein Vater glaubt den Ver=
stand mit Löffeln gefreßen zu haben, aber dem Müller
reicht er das Waßer nicht; wer zuletzt lacht, der lacht
am besten. Ich weiß, was ich weiß und bin mit dem
Meinen Eins."

„Diese Heirath und das Hochzeitfest war so eigent=
lich der Gipfelpunkt im Leben des Peter Wacker, da=
mit hatte er die Spitze erreicht. Jetzt gab's erst einen
Stillstand und der war traurig, und dann einen Rück=
gang und der war fürchterlich. Damals kam bei den
reichen Bauern das Brantweinbrennen in die Mode,
und wer etwas unter ihnen sein wollte, der mußte seine
Brennerei haben, wenn auch nicht sonderlich viel dabei
heraus kam. Verstand aber Einer das Ding zu zwän=
gen, so warf das gebrannte Waßer einen schönen Er=
trag ab, und den wollte sich auch der Peter Wacker nicht
entgehen laßen. Er baute darum eine Brennerei, nahm
einen Sachverständigen an und bestellte auf dessen Rath
einen Brantweinkeßel für zweihundert Gulden bei einem

namhaften Kupferschmid aus der Nachbarschaft. Der
Keßel kam und war gut, aber es gehörte zu den Kunst=
griffen und Handelsvortheilen des reichen Wacker, einen
Handwerker nie auf einmal zu befriedigen, sondern mit
dem Rest zu zögern und zu wuchern. Nur wenn er
prahlen wollte, dann zalte er unter lautem Geklingel
und Spektakel auch große Summen auf einmal. Hier
schien ihm das nicht nöthig, darum empfieng der Kup=
ferschmid einstweilen einhundert Gulden auf Abschlag
und für den Rest ein Versprechen für die Zukunft. Der
Mann mußte sich den Handel gefallen laßen, wol oder
übel, und stellte über den Empfang des Geldes eine
Quittung aus; aber er schrieb die Summe, um die es sich
handelte, nicht mit Buchstaben, sondern mit Zalen.“

„Wie der reiche Wacker nach dem Weggang des
Kupferschmids die Quittung sich noch einmal ansahe,
da lächelte er in sich hinein, wie etwa ein Jäger, dem
ein Wild recht täppisch in's Garn geht. Dummkopf,
sagte er, als handle es sich um einen Nasenstüber, und
nahm die noch naße Feder und machte aus dem Einer
einen Zweier, und that das so selbstbehaglich und ge=
mächlich dabei, daß ihm noch nicht einmal ein Herz=
klopfen darüber ankam. Denn wem der Satan einmal
den Sündenweg gepflastert hat, der fährt vierspännig
darauf und fürchtet keinen Unfall.“

„Nach einiger Zeit kam der Kupferschmid wieder
und fragte nach dem Gelingen der Arbeit und nach den
rückständigen hundert Gulden. O der Keßel sei gut,
war des reichen Wacker Antwort und was die geforder=
ten hundert Gulden betreffe, so müße wol der Meister
Kupferschmid im Traume wandeln, denn die seien ja
längst und zwar in einer Summe bezalt. Wenn er

die Quittung sehen wolle, so solle er nur vor Amt gehen, da wolle er sie ihm zeigen und ihn dazu die Sporteln bezalen laßen. Der Kupferschmid war wie vom Donner gerührt, und traute anfangs seinen Ohren nicht, und dann bat er gar bemüthig und flehentlich, der Herr Wacker wolle sich doch mit ihm, als einem armen Manne, einen solchen Scherz nicht erlauben, sondern Erbarmen mit ihm haben. Statt aller Antwort nahm ihn der Unmensch am Kragen und warf ihn buchstäblich zur Thür hinaus."

„Nun sollte das Amt entscheiden. Die Quittung ward vorgezeigt und auch das schärffte Auge konnte keine Fälschung entdecken und lautete das Urtheil zu Gunsten des reichen Wacker. Da bat der Kupferschmid, der seiner Sache gewiß war, man solle den Wacker schwören laßen, daß er die Quittung nicht verfälscht habe, denn es war keine Erdenmacht im Stande, den reichen Mann zur Einsicht und Erkenntnis zu bringen. Lachend nahm der Wacker den Eid an, und das verübelte ihm der Amtmann und der Schreiber und Alle, die es hörten, sehr, denn die Leute dachten damals gar ernst über so einen Eid und gab Mancher eher sein gutes Recht auf, als daß er geschworen hätte. Darum kam auch ein Eid so selten vor, daß das ganze Dorf in Aufruhr gerieth, wenn es hieß: um die und die Stunde muß heute Einer einen Eid thun! Gewöhnlich sammelte sich dann eine ganze Schar Neugieriger vor dem Amthaus, namentlich Frauen und Kinder, um zu sehen, was der Schwörende für ein Gesicht mache, wenn er in die Amtsstube gienge oder wieder heraus käme. Das war schon eine Art von Gottesgericht, und wollte Gott, es wäre noch so, daß Richter wie Gerich=

tete ein Zittern überkäme, wenn ein Christenmensch die
Finger zum Eidschwur hebt. Ach, die Kluft zwischen
Himmel und Hölle ist gar erschrecklich tief, und die
Flamme der Pein gar heiß!"

„Und es war an einem Freitag, es denkt mir heute
noch, und war ein gar trüber Regentag, da mußte der
reiche Wacker schwören, dem Kupferschmid kein Unrecht
gethan zu haben. Trotz dem Regen waren Viele auf
dem Platze vor dem Amthaus; ich stund auch unter
einem Haufen neugieriger Buben, und des Wackers Konrad war auch unter uns. Da erschien der Wacker und
war so heiter im Angesicht, wie nie vorher, ich glaube
sogar, er pfiff ein Lied, grüßte rechts und links die
Nachbarn, und es gieng eine günstige Stimmung durch
die Versammlung hin. Nun, dachte ein Jeder, der
kann nicht falsch schwören. Hinter ihm drein kam der
Kupferschmid, und auf dem Angesicht des Mannes lag
eine solche Blässe und er sah so ängstlich und verlegen
aus seinen buschigten Augenbraunen, daß ich Einen der
Männer flüstern hörte: Gebt Acht, der ist der Verspie-
lende; wer weiß, was dem sein Gewißen eben sagt,
der sieht nicht umsonst so erbfahl aus!"

„Aber nun bemächtigte sich unserer eine unbeschreib-
liche Angst; tobtenbleich sahen wir einander an, und
es war uns gerade, als wenn da brinnen ein armer
Sünder abgethan würde. Die Frauen fiengen an zu
weinen und einer meiner Kameraden, ein ängstlich Kind,
fragte mich: Christoph, was kommt jetzt, Donner oder
Erdbeben? Nun, es kam keins von beiden, aber diese
halbe Stunde vergißt mir in meinem Leben nicht; sie
war das schönste Zeichen der Gemeinde, daß noch Gottesfurcht in ihr herrsche. Denn Gottesfurcht ist es,

wenn ein ganzes Volk vor der Verschuldung eines der Seinen bebt, und um der Ehre willen seines Gottes zittert."

„Endlich nach einer halben Stunde gieng die Thüre auf und der Wacker erschien zuerst. Aber das Lächeln war von seinen Lippen verschwunden. Sei es, daß der Amtmann ihm noch einmal zugesetzt, sei es, daß der Blick auf sein Schlachtopfer ihn erschüttert, oder sei es, daß das: „So wahr mir Gott helfe!" die letzten schlum=mernden Keime seines Gewißens zum Leben gerufen hatten, genug, er sah geisterbleich aus, grüßte Niemand, stierte vor sich hin und eilte schnell heim, wo er, wie man sagte, eine Flasche seines eignen Gebräus in einem Zuge austrank und dann in einen tiefen Schlaf ver=fiel, aus dem er an dem nämlichen Tage nicht wieder erwachte."

„Der betrogene Kupferschmid kam erst viel später aus der Amtsstube; er hatte auch die Sporteln wegen seiner vermeintlich ungerechten Klage noch zu bezalen. Das hielt ihn auf; als er aber erschien, da war auf seinem heiteren Angesicht ein eigenthümlich feierlicher Zug zu sehen. Von älteren Leuten, die dabei stunden, hörte ich sagen, er sei ihnen wie ein Prophet erschienen, wie ein Verkünder der Zukunft. ‚Bedauert mich nicht, ihr lieben Leute', sagte er, ‚ob meines Verlustes; mir segnet der liebe Gott diese Stunde, das fühle ich deut=lich; aber den Wacker, den bedauert aus Herzensgrund, denn so wahr ein Gott im Himmel ist, der unser Thun richtet: den Wacker werden die Läuse freßen bei lebendigem Leibe!' Und wie er mit aufgerich=tetem Haupte durch unsre Mitte gieng, da fiel sein Auge auf des Wackers Kind, den Konrad; er blieb

einen Augenblick stehen, sah dem Knaben in seine treu=
herzigen Augen und sagte dann: ‚Armes Kind, wie
wird es dir ergehen?‘ Der Junge verfärbte sich und
lief heim.“

„Nun müßt ihr aber nicht meinen, der Peter Wak=
ker sei der Mann gewesen, der so etwas wie Gewißens=
biße an sich herangelaßen hätte. Was man im Dorfe
dachte, das war ihm einerlei; der Kupferschmid mußte
das Maul halten, sonst hätte er ihm einen Proceß an=
gehängt, der ihn noch saurer zu stehen gekommen wäre,
als der mit den lumpigen hundert Gulden; und unser
HErrgott — nun der war so weit fort, der wohnte so
hoch da droben über den Wolken, der kümmerte sich so
wenig um den Peter Wacker, daß ihm nach wie vor der
Acker sein Gewächs gab, die Bäume ihre Früchte tru=
gen, Eßen und Trinken ihm vortrefflich schmeckten, die
Brennerei ihren Gang gieng, und ein schön Stück Geld
abwarf, und aus der Mühle an der Kinzig eine gute
Nachricht nach der andern einlief, wie die Beiden sich
lieb hätten und ihn, den reichen Wacker, auch noch bald
zum Großvater machen würden. Darob freute sich des
Alten Herz und er dachte in seinem Sinn: Bleibt der
da oben nur neutral, dann hat’s keine Noth, das An=
dere findet sich von selbst.“

„Da war es ihm, als er an einem Octobermorgen
so an seinem Fenster stund, als gienge da drüben in
der Brennerei etwas vor, als hätte er eben von dort
so einen lauten verzweifelten Schrei gehört, als liefen
die Knechte nach dem Schrei und als geschähe etwas
hinter den neuen steinernen Mauern, das tief in’s Herz
schneide wie mit Meßern und Spießen. Sein Herz
stund ihm buchstäblich vor Angst einen Augenblick still,

da that sich die Thüre zur Brennerei auf und unter
lautem Heulen trugen die Knechte eine dampfende, fast
gekochte Menschengestalt und legten sie vor den entsetzten
Mann nieder. Es war sein armes Kind, sein Konrad,
das nur unter Mühe aus dem Brantweinkeßel, in den
es gefallen war, herausgehoben und zu seinen Füßen
niebergelegt wurde. Kleidung und Haut, Fleisch und
Knochen waren zusammengekocht und gebrannt; an eine
Rettung war nicht zu denken. Nur zu einem letzten
Wort öffnete das Kind noch den Mund und sagte:
‚Papa, falsch geschworen ist ewig verloren!' —

„Da brach der starke Mann zusammen, wie ein
bürres Reis. Alle seine Glieder waren gelähmt, alle
seine Sinne schienen erloschen wie ausgebrannte Lichter.
Er ließ Alles mit sich geschehen; er dulbete es, daß man
ihn auszog und zu Bett brachte, daß man ihn bürstete
und rieb, daß man ihm Wochen lang mit allen mög=
lichen starken Arzneien den Magen überlub, daß man
ihm das plötzlich grau gewordene Haar abschnitt und
Blutegel in einem großen Kranz um seine Schläfe hieng.
Er dulbete das Alles und stund endlich von seinem La=
ger auf als ein Schatten von dem, was er einst gewesen
war. Er wankte zuerst zu dem Grabe seines Kindes
und saß da stundenlang, dann ließ er die Brennerei
verschließen und den Keßel zuvor mit einer Axt durch=
hauen, und zuletzt fragte er nach seiner Ursel und nach
seinem Eidam, ob benn die nicht da gewesen, als er
krank gelegen? Die hätten mittlerweile Kindtaufe ge=
halten, sagte man ihm, und der Eidam habe von Zeit
zu Zeit anfragen laßen, ob er noch lebe. So, sagte der
reiche Wacker, und weiter nichts? Ja, noch etwas, gab
man ihm zur Antwort, der Müller will auch den Rest

der Brautgabe! Dazu kann Rath werden, sagte der
Wacker und versank wieder in sein Träumen."

„Der Rath aber dauerte dem Müller zu lange
und er drohte mit Verklagen. Da blitzte noch einmal
die alte Wuth in dem Wacker auf, aber hinter dem
Blitz kam kein Donner und kein Entschluß. Er ließ es
zur Klage kommen, und von dem Amte gedrängt, kün=
digte er ein Kapital auf, weil er alle Übersicht über
seine Mittel verloren hatte. Die Frucht blieb ungebro=
schen in der Scheune liegen und ward der Mäuse Fraß,
das Obst verdarb an den Bäumen oder am Boden, und
wenn er dann und wann einen Handel abschloß, so ließ
er sich so übervortheilen, daß man den alten Wacker
nicht mehr in ihm erkannte. Den Werth des Geldes,
den er früher so hoch gehalten hatte, schien er jetzt eben
so wenig zu kennen, wie ein Kind, und im Geben, ja
im Verschwenden seines Eigenthums, glich er dem Affen
jenes Geizigen, der hinter den Geldkasten seines Herrn
gerathen, mit vollen Händen das edle Metall denen zu=
warf, die mit Hut und Hand zum Empfang bereit stunden.
Und an solchen fehlte es auch dem reichen Wacker nicht;
er ward sehr mißbraucht und sehr bestohlen; und als sein
kluger Eidam nach einiger Zeit eine Untersuchung über
den Stand des Vermögens vornahm und bereits eine
große Zerrüttung und Unordnung vorfand, so wurde
der reiche stolze Wacker unter Vormundschaft gestellt,
und durfte von da an über nichts mehr frei verfügen.
Man verpachtete das Hofgut und machte es dem Päch=
ter zur Pflicht, den ehemaligen Herrn vom Gut und
Haus wie einen Pfründner zu halten. Das gieng noch
an und man ehrte in dem kranken Mann den reichen
Wacker wie ehemals. Aber dem Eidam und der Toch=

2*

ter beliebten nach einigen Jahren eine andere Einrich=
tung. Das Gut ward verkauft und zerſtückt, in das
Haus zogen mehrere arme Familien und einer derſelben
übergab man für ein mäßiges Koſtgeld den reichen
Wacker in Koſt und Pflege. Jetzt begann für den alten
Mann die rechte Jammerzeit. Ertrug er auch meiſtens
ſchweigend und ſcheinbar ohne Gefühl ſein hartes Loß,
ſo verſichern doch die, ſo ihn näher kannten, daß es
Zeiten gegeben habe, wo er ſein ganzes Elend gefühlt,
wo er geklagt und geweint habe, daß man ihn, den alten,
ſchwachen Mann, ſo barben und verkommen laße. Da=
mals ſchon aß er mit an fremden Tiſchen, um ſeinen
Hunger zu ſtillen, der täglich größer wurde, und ſpäter
nahm er ſogar Almoſen zu einem Trunk Bier, denn
baares Geld gab man ihm aus purem Geiz gar nicht
mehr in die Hände. War ſeine Kleidung zerrißen, ſo
hielt es ſehr ſchwer, bis aus der reichen Mühle an der
Kinzig ein neuer Anzug herbeigeſchafft war, und oft
lange ſahe man den ehemals ſo ſtolzen Mann in Lum=
pen umher gehen und an den Thüren ſitzen. Denn es
gab viele Häuſer im Orte, wo man ihn ſehr ungern
ſahe und ſein Gehen lieber hatte als ſein Kommen.
Schlechte Nahrung, ungewaſchene Kleidung und unreines
Lager hatten ihn endlich in einen Zuſtand verſetzt, aus
dem ihn nur die Hand ſorgender Liebe, die keinen Ekel
kennt, hätte retten können. Aber dieſe Hand fehlte dem
reichen Wacker; er ſtund ganz allein; das Herz müde,
der Leib ſchwach, kein Entſchluß in ſeiner Seele, und
über und über mit Schmutz bedeckt, gieng wirklich an
ihm die Weißagung des von ihm betrogenen Kupfer=
ſchmids in Erfüllung: die Läuſe fraßen ihn bei leben=
digem Leibe. Aber er lebte in dieſem Zuſtande lange,

sehr lange; er gieng als ein Zeichen des Gerichtes Got=
tes einher und hat der Gemeinde eine so nachdrückliche
Predigt gehalten von der Kraft des Allsehenden und
Lebendigen, daß sie heute noch in vielen Ohren gällt."

Und die unnatürliche Tochter, die Ursel und der
saubere Eidam, fragte ich, sind die in der Sünde
feist geworden? „O, sorgt nicht", antwortete er, „das
Gottesgericht hat auch sie gefällt. Sie ist gestorben,
noch vor ihrem Vater, nachdem sie erst unter der Zucht
eines wüthenden Geizhalses gefühlt hat, was es heiße:
seine Eltern und Herrn verachten und dem Mammon
dienen. Dann ist das Kind, dem ein solcher Haufe ge=
sammelt war, gestorben, oder eigentlich verkommen, und
endlich hat der Müller müssen seinen Geldsack verlaßen
und in's dunkle, leere, arme Todtenstüblein hineinsteigen
und über sein Geld sind Fremde hergefallen, die er
gar nicht gekannt, sogenannte Seitenverwandte, und was
es denen für Segen gebracht hat, das weiß ich nicht.
Nur das weiß ich, daß der Bettelsack alle fünfzig Jahre
an einer anderen Thüre hängt, nicht weil es Gott so
will, o bewahre, Er hat ja Gedanken des Friedens mit
uns, sondern weil das Menschenherz mit Gewalt s e i n e
Wege gehen möchte und wie Jakob sein Erstgeburtsrecht
nicht selten um ein schnödes Linsengericht verkauft."

II.

Bauer und Pfarrer.

———

„O beßre Zions wüste Stege,
Und was Dein Wort im Laufe hindern kann,
Das räum, o HErr! aus jedem Wege,
Vertilg den falschen Glaubenswahn,
Und mach uns bald von jedem Miethling frei,
Daß Kirch und Schul ein Garten Gottes sei.“

Ich möchte den Stophel Winter von Wilmeshausen gekannt haben, wie ihn mein Großvater gekannt und
geliebt hat. Denn wenn man in der Zopfzeit schon den
Stophel für einen Bauer erklärte, dessen Gleichen sich
noch wenig finde, was mag der Stophel für ein präch-
tiges Menschenexemplar seines Standes gewesen sein!
Aber ich kann mir ein Bild von ihm machen, denn ich
habe sein Abbild noch gesehen, das sich schwerlich jetzt
noch im entlegentsten Bergdörfchen finden möchte, denn
Stadtsinn und Stadtmode leckt auch schon an den Berg-
dörfern hinan und spült das alte feste Gestein des deutschen Bauernwesens herab, um es zu verwaschen und
zu verschwemmen. Aber so ein Wilmeshäuser, wie
ich sie noch gekannt habe, der stund wie eine Mauer
von Granit, mochte die Flut der Zeit ihn waschen, er

blieb, wenn nicht ungewaschen, doch ungeleckt. Freilich viel Waßer kam an einen solchen Wilmeshäuser auch nicht, weder äußerlich noch innerlich. Morgens wusch er sich zwar unter viel Geräusch und Schnauben am Born, so im Sommer wie im Winter, und trocknete sich erst in der Stube ab, aber das Waßer zum Trunk hielt er nur in der Erntezeit für gesund, sonst versperre es, meinte er, etwas Beßerem den Weg, dem Hirsenbrei mit dem großen Fettauge darauf und dem Sauerkraut mit dem handhohen Speck darüber. Und gründlich und gebunden wie die Aßung, so war auch die Kleidung eines Wilmeshäuser. Was im Winter warm hält, das hält auch im Sommer die Hitze ab, so dachte man in Wilmeshausen, und von den Fähnlein, wie sie jetzt als Kittel und Kattunwämse um unser Landvolk hängen, wußte man damals nichts. Die Füße steckten in dicken wollenen Strümpfen,, die bis über die Kniee reichten, denn die Schafzucht war in Wilmeshausen gut und die Weiber strickten vortrefflich. In seinen derben Lederschuhen, oben darauf mit einer Meßingschnalle und unten mit einem Hundert Nägel, sogenannten Pinnen, beschlagen, stund der Welmeshäuser fest auf dem Boden seiner Scheuer oder zwischen den Ackerfurchen, und hob er zum Tanz unter der Kirchweihlinde ja einmal im Jahr die Beine, so hieß ihn sein Schuhwerk hübsch gemach thun und sich nur im Schleifer versuchen, der Hopfer gieng schon gar nicht.

An die warmen Strümpfe eines Wilmeshäusers schloßen sich vertraulich die kurzen Beinkleider von Weiberwolle, sehr kurz geschnitten und unten und oben durch Schnallen gehalten, aber locker und bequem, daß oben etwas tief unter der Hüfte ein Stücklein Hemb

herausſehe, mehr oder weniger, je nachdem die Weſten
oder Leibchen reichten. Denn was ein rechter Wil=
meshäuſer war, der trug ſeine drei, auch vier Weſten
von allerlei Stoff mit beinernen oder gläſernen oder
metallenen Knöpfen über einander. Die erſte, d. h.
die zunächſt auf dem Leibe ſaß, gieng etwa bis an die
letzte Rippe, die zweite überſchritt ſchon dieſes Revier,
die dritte ſollte man unter der vierten hervorgucken
ſehen, darum hatte ſie ſchon ihre Schöße und Klappen;
aber die vierte war das Prachtſtück und darum von
blauer oder grüner Farbe, und hatte zu beiden Seiten
Taſchen, in denen der Geldbeutel von Leder, mit dem
Schlüßel zum Wandſchränkchen, die Tabaksblaſe mit
dem Pfeifenräumer von Meſſing und die Pfeife von
Erlenmaſer mit kupfernem Deckel ſteckte. Unter den
Weſten verbarg ſich denn noch ein wollener, geſtrickter
Wams, der ſich nur bisweilen durch die Ärmel ver=
rieth, die die Arme gegen Zugluft ſchützten; und über
all dieſe Hüllen ward noch am Sonntag, und wenn der
Weg einen Wilmeshäuſer zur Stadt führte, der Rock
gezogen, halb Überrock, halb Frack, aber ſtets dunkel=
blau, wol gefüttert und mit thalergroßen Knöpfen von
Metall. Drei Halsbinden, immer eine ſchwerer als die
andere, ſchützten vor Halsweh, und auf dem ſorgſam
geſtrählten Haupthaar, das hinter die Ohren geſtrichen
lang herab hieng und durch einen Kamm geziert war,
ſaß zunächſt eine Mütze, die Pätzel genannt, nach Be=
dürfnis gefüttert und geſteppt, meiſt bunt und mit Pelz
verbrämt, und oben darauf thronte der Dreimaſter,
den der Wilmeshäuſer als Manneszierde am Confir=
mationstage empfieng und ſehr hoch hielt. Gib ihm
nun noch einen Rohrſtock mit Hornknopf von faſt Man=

neshöhe in die Hand und du siehst den Stophel Win=
ter wie er bedächtig uud überlegsam zur Stadt geht,
um seinen Freund, den Syndicus, zu besuchen und sich
einen guten Rath zu holen.

Der Stophel Winter war kein Processer, der Art
Leute herbergte überhaupt Wilmeshausen nicht, aber
wer etwas im Dorfe galt, der hatte seinen Advocaten
in der Stadt, zu dem er von Zeit zu Zeit gieng und
einen Rath mit ihm hielt über Auf= und Verkauf von
Äckern und Wiesen, über Verheirathung von Söhnen
und Töchtern, oder über eigene und der Gemeinde Ge=
rechtsame. Dafür schickte er dann von Zeit zu Zeit
dem Herrn Syndicus einen Kirchweihkuchen, einen But=
terweck, ein Schock Eier zur Osterzeit, oder der Frau
Syndicusin etliche Boßen guten, weißen Flachs, lud
auch wol den Herrn und die Frau zu irgend einem
Feste nach Wilmeshausen, was selten angenommen,
dann aber auch sehr durch Speis' und Trank und
Nöthigung anerkannt wurde.

Heute nun mußte dem Stophel Winter ein schwe=
rer Gedanke auf dem Herzen liegen, denn er gieng un=
gewöhnlich langsam durch die Gassen der Stadt, stieg
wie ein schwer Beladener die Treppe zu des Herrn
Syndicus Schreibstube hinauf und holte tief Athem,
als er vor der Thüre stund. Dann zog er bedächtig
den Dreimaster vom Haupte, steckte die Pätzel hinein,
setzte beides seinem Rohrstock auf den Knopf, stellte den
in die Ecke neben der Stubenthüre und klopfte schwer
und vernehmlich an, indem er den Kopf zum Schlüssel=
loch bog. Auf das Herein des Syndicus räusperte er
sich, legte behutsam die schwere Hand auf den Drücker
und trat ein.

Der Syndicus saß an seinem Schreibtische, warf von seinen Acten weg einen Seitenblick nach dem Eintretenden, und seine Miene erheiterte sich sichtlich, als er sagte: „Willkommen, Meister Stophel, was Neues?"

„Danke der Nachfrage, Herr Syndicus, weiß nichts besonders, als daß das Wetter gedeihlich ist, und daß unser HErrgott es noch gut mit Wilmeshausen und mit mir meint. Zwei Kühe, die in einer Woche gekalbt haben, geben viel Milch in's Haus, und wo's Milch gibt, gibts brav Käse und da sind die Gesichter der Wilmeshäuser hell. Sonst nichts, Herr Syndicus. Aber was ich sagen wollt, da hätt ich ein Anliegens, er sollt so gut sein und mir eine Schrift machen."

„An wen denn, Stophel?"

„An den Herrn Landgrafen, meinen gnädigen Herrn und Gönner!"

„An den Landgrafen, Stophel? Habt ihr doch, soviel ich weiß, keinen Proceß und auch im Übrigen geht ja Alles seinen Gang, was soll euch denn der Landgraf helfen?"

„Ja seht, Herr Syndicus, das ist eine eigne Sache, und wenn man sich verbeßern kann, so soll mans thun, und wenn man in meinen Jahren steht und hat seine Kinder fast versorgt, so will man doch noch etwas thun und verdienen auf seine alten Tage und das könnte ich jetzt gerade, und der Herr Landgraf hat mir eine Gnade versprochen, wart ich länger mit einem Anliegen, so kommt ihm die Sache aus dem Sinn, und das ist dann mein Schade."

„Nun Stophel, was meint ihr denn für eine Gnade, und wann hat denn der Herr Landgraf euch eine solche versprochen?

„Ja seht, Herr Syndicus, unverhofft kommt oft.
Wie wir vor drei Jahren den Proceß wegen der
Schäferei mit dem Fiscus hatten, ihr kennt ja die
Sach, da sagt der Schultheiß zu mir, Stophel, sagt
er, ihr seid der reichste Mann im Ort, und dabei über=
legsam und bedächtig, wie wär's, wenn ihr euch nach
Darmstadt auf den Weg machtet und gienget einmal zu
unserm gnädigen Herrn, dem Landgrafen, und sagtet
so und so, ich meine, dann müßt uns geholfen werden,
denn die Herrn von der Rentkammer verschleppen, wie
mir däucht, die Sache, und am Ende erfährt unser gnä=
diger Herr nicht einmal die Wahrheit. Nun denk ich,
bin ich der Reichste im Orte, so bin ich auch nicht der
Dümmste; geht ein Anderer vor mir, so verdirbt er
nur die Sach; also ich mach mich auf den Weg und
gehe auf Darmstadt. Wie ich hinter Frankfurt komme,
so geht der Sand an und das Marschieren hielt hart,
und dazu brannte die Sonne und ich that ein Leibchen
nach dem andern auf, und hieng am Ende den Rock
auf den Stecken, aber es wollte nicht viel helfen. Da
kam eine Kutsche gefahren und darin saß Einer, der
sah mich am Wege stehen und gewaltig schnaufen und
pusten und rief heraus: ‚Landsmann, seid ihr nicht von
Wilmeshausen oder dort herum zu Haus?' „Ja wol,
Herr, sagt ich, kennt ihr mich?" ‚Das nicht' sagt er,
und lachte, ‚aber Wilmeshausen, Linden und Struth,
die liegen nicht weit von einander.' „Richtig, sag ich,
und woher wißt ihr das?" ‚Das sehe ich an eurer
Pätzel' sagt er und lachte wieder, denn:

> „Seid ihr her von Linden,
> Habt die Pätzel hinten;

Seib ihr her von Struth,
Habt sie unterm Hut,
Seib ihr her von Wilmeshausen,
Vier Leibchen unterm Flausen."

‚Seht, sagte er, daran kenn ich euch, denn die vier
Leibchen stehen euch offen wie eben so viele Fensterflü=
gel. Aber, Alter, sagte er, verwahrt euren Brustkern
beßer, sonst kriegt ihr den Schnupfen, und wollt ihr
nach Darmstadt, so steigt auf den Bock zu meinem
Kutscher.' „Anfangs war mir des Herrn Utz ungemäch=
lich und ich hatte schon ein unvergoren Wort im Maul;
dann dacht ich aber: Stophel, dacht ich, halt bei und
nimms kaltblütig, der Tag ist heiß genug! Und als
der Fremde ein Wort vom Mitfahren sagte, da ver=
schluckt ich den Verbruß wie eine Mücke, die in das
Schälchen fällt, und stieg auf."

„Aber damit wars noch nicht all. Der Fremde
hatte eine absonderliche Neugier und fragte und kätzerte
so lange an mir herum, bis er mich schier ausgepumpt
hatte und ich so wenig vom Proceß bei mir behielt,
als man kann unter dem Nagel leiden. Ja er machte
mir solche Courage, daß ich mich einmal sogar vergaß
und die Herrn von der Rentkammer Federfuchser und
Rechtsverbrecher hieß. Da lächelte der Fremde wieder
und sagte: ‚Alter, wenn sie das wüßten, dann gieng es
euch nicht gut; aber ihr seib an die rechte Schmide
gekommen und euch Wilmeshäuser soll geholfen werden.
Wenn ihr nach Darmstadt kommt, dann geht nur zum
Rath Kleinwald und sagt ihm, der Landgraf laße ihm
sagen, die Wilmeshäuser hätten Recht und der Fiscus
zöge seine Klage zurück; das Weitere soll sich dann
schon finden.'

„Der Landgraf, sagt ich und hielt mich an dem Kutscherbock fest, denn es schwindelte mir. Halten zu Gnaden, allergnädigster Herr, sagte ich, ich bin ein alter Mann und ein schwacher Mann!" ‚Thut nichts, Alter, sagte er, ich bleibe euch in Gnaden geneigt, und wenn ihr auch einmal für euch selbst eine Gnade braucht, dann kommt zu mir und ihr sollt an mir einen gnädigen Herrn finden.'

„Das Wort hab ich mir behalten," fuhr der Stophel nach einer Pause fort, „und jetzt oder nie mehr ist die Zeit. Gestern zur Nacht ist unser alter Pfarrer gestorben, Gott hab ihn selig, es war ein guter Mann und verstund Gottes Wort auszulegen. Was thun aber die Wilmeshäuser mit einem todten Pfarrer, sie müßen ihn begraben und einen neuen haben. Da denk ich denn, nichts für ungut Herr Syndicus, den Wilmeshäuser ein Pfarrer zu werden, und ihr sollt mir eine Schrift an unsern gnädigen Herrn machen, worin ihr sagt: Es würde dem Herrn Landgrafen bewußt sein, daß er den und den vor drei Jahren, an dem und dem Tag zwischen Arheiligen und Darmstadt eine Gnade versprochen habe, jetzt könne er sein Wort halten."

„Aber Stophel," fragte erstaunt der Syndicus, „könnt ihr denn auch predigen?"

„Warum nicht, Herr Syndicus, so gut es Mancher kann, kann ich's auch!"

Weiter geht leider meine Geschichte nicht, aber sie ist auch wirklich zu Ende. Nur weiß ich nicht, worüber ich mich mehr verwundern soll, über den Stophel Winter, der aus einem Bauer ein Pfarrer werden wollte, oder über einen Pfarrer, der so zum Bauer geworden, daß der Bauer sein Amt als ein Ruheamt für seine alten Tage begehrt.

Der Apostel sagt von des Amtes Bürde und Würde etwas anderes; er heißt die, so den HErrn verkündigen wollen, sich leiden als gute Streiter Christi, nüchtern sein allenthalben, anzuhalten, es sei zu rechter Zeit oder zur Unzeit, zu strafen, zu drohen, zu ermahnen mit aller Geduld und Lehre, und so den guten Kampf zu kämpfen, den Lauf zu vollenden und Glauben zu halten; und bei allem dem zu denken: „Wehe mir, wenn ich Christum nicht predigte!"

III

Aus der Tiefe in die Höhe.

———

„Wer nur den lieben Gott läßt walten
Und hoffet auf Ihn allezeit,
Den wird er wunderlich erhalten
In allem Kreuz und Traurigkeit,
Wer Gott, dem Allerhöchsten, traut,
Der hat auf keinen Sand gebaut.“

Zu der Zeit, als die Russen den Franzosen einen
Gegenbesuch in ihrem eigenen Lande machten, was diese,
beiläufig gesagt, sehr übel nahmen, während doch sonst
eine Ehre der andern werth ist; da wohnte in der Vier=
zehnmistgasse eines hessischen Landstädtchens ein Flick=
schuster mit Namen Draller. Das Häuschen, das
der Schuster bewohnte, war das einzige Gebäude in
derselben, das es wagte, aus drei kleinen Fenstern die
Augen auf seine Umgebung aufzuschlagen, denn die
dreizehn Häuser, die jenes Sackgäßchen bildeten, wandten
der Straße, gleichsam wie verschämt, den Rücken zu, und
hatten dort hinten hinaus nur ein kleines Hinterthür=
chen, das auf den Mist führte, und hin und wieder

ein Gucklöchlein, um ein Gefäß herauszuhängen, oder
den Rauch aus der dunklen Küche da hinaus zu laßen.
Nur des Schusters Häuschen machte gegen die vierzehn
Miste und dreizehn Hinterhäuser Front und bildete den
Schluß einer Sackgasse, in die man stets mit Vorsicht
eintreten mußte von wegen schlechtem Pflaster und brei=
tester und weichster Grundlage. Doch die Bewohner
des Häuschens, der Schuster Draller und seine Frau,
dann zwei sehr kränkliche verwachsene Kinder und eine
Ziege, waren das so gewohnt, daß sie auf den Fuß=
zehen oder springend und hüpfend jedesmal sicher und
ohne sonderliche Gefahr das schützende Dach erreichten,
es mußte denn sein, daß gerade Thauwetter einfiel,
oder ein Gewitterregen die vierzehn Miste flott gemacht
hatte; dann gab's für einen Tag oder zwei sogar
Hausarrest in dem engen Häuschen des Flickschusters.

Und das Häuschen war wirklich sehr eng und klein.
Wenn man durch die Thüre, die aus zwei Theilen bestund
und durch deren obere Abtheilung der Rauch lieber abzog
denn durch den Schornstein, in den unteren Raum ein=
trat, so war der sehr schwarz und stellte eine Küche vor,
denn es stund da ein Herd von Backsteinen erbaut,
und darüber hieng an einer Kette ein Kroppen, einige
Töpfe und Teller von Erde füllten eine kurze Wand=
bank, und aus der Ecke ließ sich aus einer Art von
Bretterverschlag die Stimme der Ziege hören, die, nach
der Hausfrau täglicher Versicherung, eine gewaltige
Stallschnäuperin war, denn sie weigerte sich standhaft,
etliche Arten von Lebensmitteln anzunehmen, die ihre
Herrin für nahrhaft und zuträglich erkannte, und ich
glaube, sie glich in diesem Stücke dem halsstarrigen
Gaul jenes Fuhrmannes, der sich durchaus weigerte

Tannenzweige zu freßen, obgleich sie grün waren wie
Gras und Klee. Auf einer gebrechlichen Treppe stieg
man von da in die einzige Stube des Häuschens, die
zum Glück wenig Helle durch die fast erblindeten Schei=
ben erhielt; dennoch grau und vom Rauch geschwärzt
sahen die Wände aus, und die wenigen Hausgeräthe
waren, wenn auch rein, doch alt und sehr gebrechlich.
Ein einziges großes Bett mußte der Familie zur Schlaf=
stätte dienen.

Das Schusterspaar und die beiden Krüppel, ihre
Kinder, waren noch genügsamer wie die Ziege und er=
hoben selten ihre Stimme zur Klage, auch wenn Schmal=
hans Küchenmeister bei ihnen war, und das war er fast
alle Tage im Jahre. Der Schuster Draller hatte auch
einmal seine Zeit der Blüte gehabt, das war damals,
als das Leber noch wolfeil und das Heirathsgut seiner
Christine noch nicht ganz verzehrt war. Vielleicht waren
auch die Leute im Städtchen damals weniger hoffärtig,
suchten den sonst guten Meister auch hinter seinen vierzehn
Misten auf und setzten ihn in Nahrung, und die Buben
fanden es sogar angemeßen, die Waßerdichtheit der
neuen Stiefel in der Vierzehnmistgasse sogleich zu pro=
bieren. Genug, der Meister Draller hatte seine Blütenzeit
gehabt. Damals saß er mit frohem Gesichte auf seinem
runden glatten Schustersstuhl, sang ein geistlich oder welt=
lich Lied, und schien es ihm Zeit, daß das Frühstück gebracht
werde, so unterbrach er sich wol mitten in seinem Sin=
gen und rief mit gewaltiger Stimme: „Drallersche,
krieg ich bald meinen Brantwein?" — Die Zeit war
vorübergegangen wie der Frühling in der Natur, der
Sommer war mit Lebenshitze, mit Krankheit der Kinder,
mit Arbeit= und Geldmangel gekommen, und der Herbst

nahte mit trüben Nebeln der Sorge und der Angst
vor der Zukunft. Niemand in der Stadt wußte recht,
wie grausam übel es dem Schuster Draller gieng;
keiner seiner Mitmeister hatte eine Ahnung davon, daß
die gebückte Gestalt, die Abends manchmal um die
Kehrichthaufen schlich und tastend in denselben wühlte,
der Schuster Draller sei, der nach Flickleder suchte.
Denn nur ganz arme Leute, denen es auf Zierlichkeit
der Arbeit nicht ankam, und die schon zufrieden waren,
wenn nur die Sohlen an ihren Schuhen nicht zu ver=
langend den Rachen aufsperrten, die brachten dem
Meister Draller noch ihr Schuhwerk zur Ausbeßerung
und vertrugen ihm die Kundschaft nicht; denn billig,
sehr billig war der Meister Draller geworden.

Aber er klagte nie über seine Armuth, und am
wenigsten that es seine Christine. Die machte jede
Stunde im Tage und jeden Schritt und Tritt in und
außer der Vierzehnmistgasse zu Geld und brachte man=
chen Groschen heim, aber an keinem hieng ein Fluch
oder eine Sünde; sie waren sauer und ehrlich verdient.
Nur zum Frühstückstrunk reichte des Meisters Flickarbeit
und der Meisterin Groschenverdienst nicht aus, und wenn
sich bei seinem Morgengesang der Draller manchmal
vergaß und, der alten guten Zeit eingedenk, mit seiner
lauten Stimme rief: „Drallersche, krieg ich nicht bald
meinen Brantwein?" und die Meisterin mit einem:
„Du lieber Gott!" antwortete, dann seufzte wol der
Schuster wie Einer, der aus einem schweren Traum er=
wacht, aber er klagte nicht. Nur einmal sagte er nach
einem solchen Erwachen: „Weißt du, Christine, was
uns aufhelfen könnte? Wenn uns der liebe Gott nur
auf einmal zwei Gulden bescherte, dann wäre uns ge=

holfen. Für zwei Gulden Leber im Haus wollte ich
wieder der alte Draller werden." Seine Christine
seufzte und schwieg, aber bei sich selber dachte sie:
„Zwei Gulden auf einmal finden den Weg nicht in die
Vierzehnmistgasse."

So sagten und dachten der Flickschuster und sein
Weib an einem trüben Wintermorgen und war dazu
noch Thauwetter. Die Kinder des armen Paares hatten
sich auf ein Häufchen zusammengeballt und lagen in der
Ecke neben dem rauchenden Ofen. Nur manchmal hob
eins von ihnen den Kopf und sah mit kranken, er=
loschenen Augen in's Angesicht von Vater und Mutter.
Hunger hatten sie nicht, denn sie aßen wenig und dazu
hatte die Mutter weit über die Hälfte ihres Morgen=
brodes den Kindern in die Ziegenmilch eingebrockt und
beinahe aufgenöthigt, denn Kraft sollten die armen
Würmer bekommen, so dachte sie.

Was mittlerweile im Städtchen vorgieng, davon
hatten die Leutchen in der Vierzehnmistgasse keine
Ahnung. Daß ein halbes Regiment Kosaken eingerückt
sei, zur Freude der Jugend und zum Entsetzen der
Alten, daß diese Steppenvögel ohne zu fragen das
Städtchen drunter und drüber gearbeitet hatten, daß
ihre eignen Offiziere erst spät und langsam Ordnung
in die Rotte hatten bringen können und daß sie nun
einzeln mit den Quartierbilleten in der Hand suchend
durch die Straßen ritten, davon wußten die Schusters=
leute hinter den vierzehn Misten nichts. Wie erschracken
sie darum, als sich plötzlich die Thüre öffnete und ein bär=
tiger Kosake in die Stube eintrat, das Quartierbillet
überreichte und in gebrochenem Deutsch sagte: „Mutter,
Kapuster, Vater, Schnapps!" Der Schuster war von

3*

seinem Sitze aufgestanden, in der einen Hand hielt er einen sehr defecten Schuh und in der andern den Pfrie= men. Mit diesem deutete er auf die Kinder am Ofen, die zitternd und wie in Fieberschauern sich auf dem Boden wandten, und sagte: „Bruder Kosak, da siehst du meine Einquartierung, und hier", indem er auf das letzte Stück Brod deutete, das auf dem Tische lag, „meinen Kapuster und meinen Schnapps! Geh zu Denen, die dich hergeschickt haben und sag ihnen: der Schu= ster Draller könne mit Weib und Kind hungern, aber dich könne er nicht hungern laßen und habe doch auch nichts für dich zu eßen!"

Der Kosak verstund kein Wort von der Rede des Schusters, aber die Ursprache vom Mitleid und vom Erbarmen verstund er. Er nickte mit dem Kopfe, griff in seine Tasche, legte eine Hand voll kleiner Münze auf den Tisch und gieng langsam davon.

Der Schuster und sein Weib stunden lang auf derselben Stelle und sahen einander an, dann bog sich die Christine zur Seite und sagte: „Christoph, der Kosak ist eben über den letzten Mist mit seinem Pferde, wem gehört sein Geld da?" „Weiß ich's, Christine", sagte der Schuster, „laßen wir's liegen, bis er wieder= kommt." Schweigend gieng das Ehepaar an seine Arbeit; Stunde um Stunde vergieng, der Kosak kam nicht wieder. Es ward Abend und das Geld lag noch da. „Zähle das Geld, Christine", sagte der Schuster. Sie that es. „Es sind zwei Gulden, Christoph", sagte unter Thränen die Frau. „Zwei Gulden"; stöhnte der Schu= ster. „Barmherziger Gott, ist's mein, ist's dein, ist's dem Soldaten?" „Es ist unser", sagte Christine, „und nun frisch damit an's Geschäft! Gib du auf die Kin=

der Acht, ich weiß etwas, das hilft uns auf! Schnell warf sie ihren Mantel um und verschwand in der Dunkelheit. Noch an demselben Abend kaufte sie einen schweren Krug mit Brantwein, nahm auch beim Bäcker etliche Bröbchen aus, und als die Kosaken am Morgen auf dem Sammelplatz stunden, da ward des Schusters Frau zur Marketenberin und verkaufte Trank und Speise mit solchem Vortheil, denn die Kosaken gaben für ein Glas Schnapps den doppelten und drei= fachen Werth, daß die zwei Gulden, von denen der Schuster geträumt, sich verdreifacht hatten.

So that die Christine von nun an täglich, so oft fremde Truppen durch das Städtchen kamen, und sie vergaß ihren Christoph dabei nicht bei seinem Morgen= gesang. Er erhielt wieder wie früher seinen Brant= wein. Aber er hieng sein Herz nicht daran und am wenigsten ward er seinem Stande untreu; der Schuster blieb bei seinem Leisten. Denn von dem erlösten Gelde wanderte wieder wie ehemals manches schöne Stück Leber in die Vierzehnmistgasse, die Kinder fanden all= mählich den Weg wieder über die Düngerhaufen, und als gar der Rath der Stadt ein Einsehens bekam und mit einem gepflasterten Weg die zuchtlosen Miststätten in ihre Schranken zurückwies, da fieng das kleine Häuschen in der Sackgasse an sich zu strecken und zu recken. Erst bekam es etliche neue Balken und Ge= fache, dann neue Scheiben, dann zog es von innen und außen eine neue Haut an und endlich fiel die Sonne durch einige Blumenstöcke vor dem hellen Fen= ster wieder in die Stube auf den Werktisch des Schu= sters und in die vergnügten Gesichter der beiden Kinder.

Denn wie das Haus in der Sackgasse, so wuchsen auch
diese aus sich heraus und zogen eine neue Haut an,
und das kleine Häuschen hallte wieder von dem Lachen
und Jubeln der Wiedergenesenen, und am lautesten
schallte dazwischen der Preisgesang des dankbaren
Schusters: „Wer nur den lieben Gott läßt walten."

IV.

Der gezwungene Botengang.

————

„Sieh, wieviel du reicher bist,
Wenn das Spiel geendet ist.
Laß dein Denken und dein Sinnen,
Kart aus der Hand, willst du gewinnen.“

Es ist einem guten Theil Männern, den Frauen
schon seltener, eine Krankheit eigenthümlich, die bricht
gewöhnlich wie ein Fieber Abends zwischen Licht und
Dunkel aus. Sie ist der Unruhe zu vergleichen, die
der eingesperrte Vogel zeigt, wenn die Zeit der Wan=
derung kommt, oder dem Lauftrieb der Kinder, die um
diese Zeit noch einmal auf die Gasse möchten, oder dem
Verlangen eines hungrigen Magens nach der Abend=
suppe. Man kann sie das Wirthshaus=, das Stamm=
gast=, das Schoppen= oder auch das Spielkartenfieber
nennen. Es ist wie die übrigen Fieber nicht drei= oder
mehrtägig, sondern eintägig und kommt immer zu einer
bestimmten Zeit, und wird ihm nicht abgewartet, so
können schreckliche Dinge daraus entstehen. Manche dieser
Patienten, die man in einer solchen Stunde festhält,
die sind wie die stillen Dulder, wahre Jammerbilder der

Entsagung. Manche gerathen in eine verbißene Wuth und starren verzweiflungsvoll vor sich hin. Manche gerathen in eine Art von Schelt= und Tobraserei, und dann macht man gerne Raum. Die Frauen, sonst die treusten Krankenpflegerinnen, sind diesem Fieber gegen= über meistens rathlos, ja sie verderben oft die Sache so gründlich, daß der letzte Betrug ärger wird denn der erste. Denn wie Viele sind denn so ausbündig klug und freundlich, daß sie so einen Kranken durch Wort und Blick zähmen können, wie Viele haben die Kraft, die Jene hatte, die schmeichelnd ihren Mann, als er davon wollte, wieder zur Treppe hinauf trug; treffen doch Manche das Rechte so wenig, daß sie den Mann, wenn er ausgeht oder heimkommt, durch einen verklei= deten Teufel schrecken und durch Nachtstreicher prügeln laßen. Jede Zeit hat ihre eigne Heilmittel wider das Sauf=, Schoppen= und Kartenspielfieber gehabt, und was in der Zopfzeit von betrübten und erbosten Frauen an den Perrücken der Männer ist geübt worden, das geht ganz und gar in's Ungeheuerliche.

Der Pfarrfrau zu Darheim half der Erbfeind aus ihrer Noth und deshalb pflegte sie zu sagen, wenn sie auf den Gegenstand kommen durfte: „Es ist nichts so schlimm, es ist für etwas gut."

Nun, die Pfarrfrau von Darheim hatte wirklich einen sehr braven Mann und auch einen gesunden Mann, aber das Abendfieber hatte er dennoch in hohem Gra= de, und zwar Jahr aus Jahr ein zu einer und dersel= ben Zeit. Wenn die Leute in dem Städtchen Spiel= heim, das eine Stunde von Darheim liegt, nicht wuß= ten, welche Zeit es sei, dann fragte Eins das Andere: „Ist der Pfarrer von Darheim schon herein, ist der

Darheimer schon hinaus?" War er herein, so war es
sechs Uhr Abends, war er hinaus, so war es neun
Uhr. Mochte das Wetter sein, wie es wollte, mochten
die Zeiten gut oder böse, die Straßen sicher oder un=
sicher sein, kam die Fieberstunde für den Pfarrer von
Darheim, so mußte er nach Spielheim in den Hirsch
zu seinen lieben alten Freunden und zu seinen lieben
gewohnten Karten.

Die Nachbarn in Frankreich fiengen an, mit ihrem
König unzufrieden zu werden und schnitten ihre Zöpfe
ab, während die Deutschen sie noch eine Zeitlang be=
hielten; der Pfarrer kam dennoch regelmäßig um sechs
Uhr nach Spielheim und gieng um neun Uhr heim. Die
Nachbarn in Frankreich machten einen schrecklichen Ernst
und vergriffen sich an ihrem Könige, und bekam Mancher
darüber eine Gänsehaut und blieb Abends daheim; der
Pfarrer von Darheim nicht. Die Nachbarn in Frank=
reich überschritten die Grenze und boten den Darhei=
mern Brüderschaft an und pflanzten vor ihrem Rath=
haus einen Freiheitsbaum auf und Jedermann fürchtete
ihnen zu begegnen; der Pfarrer von Darheim aber
hielt seine Zeit wie der Dachs im Gehen und Kommen.

So giengs bis zum 6. November; — seine Frau
hat den Tag ausdrücklich im Kalender angestrichen, da=
her weiß ich ihn so genau, — da geschah etwas, zwi=
schen Darheim und Spielheim, was noch nie geschehen
war. Wie der Pfarrer Abends um neun Uhr mit seiner
Laterne aus dem Hirsch trat und rüstig in das Dunkel
der Nacht hinaus schritt, auch schon eine gute Strecke
querfeldein marschiert war und eben die Heerstraße durch=
schneiden wollte, da kam ein Detachement französischer
Dragoner des Weges und der Officier, der es führte,

ritt auf den Laternenträger zu und fragte dieß und
das über Land und Leute, über Wege und Stege, und
über die Stadt Mainz, wie weit die noch liege. Der
Pfarrer gab Rede und Antwort, und daß er der fran=
zösischen Sprache so mächtig war, das schien dem Of=
ficier zu gefallen, denn er bat sich die Ehre seiner Be=
gleitung bis Mainz aus. Der Pfarrer bedankte sich
der Ehre, meinte auch, die Herren könnten die Straße
gar nicht verfehlen, sie sei sehr gut und sehr gerade,
und daheim warteten die Seinen auf ihn, denn es sei
bereits nachtschlafende Zeit. Das wußte der Franzose
auch, er meinte aber, zur Abwechselung sei so ein Ritt
durch die Nacht so übel nicht, und es könne doch leicht
ein Abweg kommen und dann wäre ein Wegweiser sehr
gut, der Herr Pfarrer möchte die Güte haben und
ihnen Gesellschaft leisten; da sei der Trompeter, der
reite ein starkes und sehr sicheres Pferd, der werde sich
ein Vergnügen daraus machen und den Herrn Pfarrer
vor sich auf den Sattelknopf nehmen, er wolle derweilen
dafür sorgen, daß das Gespräch nicht stocke.

Was thun? Der Pfarrer rief die Menschen an,
die Götter, sein Flehen drang zu keinem Retter, der
Trompeter griff von dem Gaul herab und holte den
Pfarrer sammt seiner Laterne von der Erde auf, als
wenn ein Kunstreiter Orangen aufliest, und setzte ihn
vor sich auf den Sattelknopf. Nun war der Pfarrer
von Darheim zwar ein Karten=, aber kein Gardenrei=
ter; des Trompeters Gaul stieß wie ein Dromedar und
der Sattelknopf ist eben kein Schaukelstuhl, kurz, dem
Manne vergiengen in der ersten Stunde schon Hören
und Sehen, und er bat nur, man möchte ihn zwischen
den Pferden laufen laßen, er würde sonst allen Wölfen

zur Beute. Darüber lachten die Soldaten aus vollem
Halse, und der Pfarrer trug seine Laterne brennend bis
vor die Thore von Mainz. Da aber Mainz von
Spielheim sechs Stunden entfernt liegt, so gieng so
ziemlich die Nacht vorüber und der Pfarrer kam ge=
rade recht, um in den Postwagen zu steigen und heim
zu fahren.

Sehr ersehnt und sehr ermüdet kam nun zwar der
Pfarrer von Darheim zu Hause an, aber die Pferde=
cur war gelungen, das Fieber war fort und seine Frau
segnete noch lange Jahre den 6. November im Stillen,
aber sie sprach nicht von ihm, — warum? Sie war
eine kluge Frau.

———————————

V.

Ein Franzosenstücklein.

———

„Wälsch Blut
Thut keinem Deutschen gut."

„Das Land gehört eigentlich auch von Gott und Rechtswegen meinem gnädigen Herrn, und die Diplomaten, die es ihm abgetauscht und abgefeilscht, müßten eigentlich feurig gehen, wie die Ackerschinder in den Furchen!" So pflegte der alte Oberförster Frühauf gewöhnlich zu sagen, wenn von einem abgetretenen Stück die Rede war, das früher zum Hessenlande gehört hatte, und dabei ward er roth im Angesicht und schlug nicht selten mit den Fäusten auf den Tisch. Und warf man ihm bescheidentlich ein: „Aber, Herr Oberförster, dafür hat unser Herr auch dieß und das erhalten und viel mehr an Land und Leuten, und ist doch auch eine schöne Sache um Abrundung eines Landes und daß nicht zuviel Grenzen zu begehen sind, wie das ja auch ein Förster in seinem Forste liebt" — dann ward der Alte noch erboster und schrie: „Gleichmacherei und kein Ende, als wenn sich die Treue gegen ein Fürstenhaus aus- und

anziehen ließe wie ein Rock, heute mit rothen morgen
mit gelben Aufschlägen! Wem ich gedient in meinen
jungen Jahren, dem will ich auch dienen in meinem
Alter, und das Stück Land, das mir Brod gegeben,
da ich noch jung war, das wird mir erst recht lieb,
wenn wir zusammen alt geworden. So ist meine Meinung und damit basta!"

Es will mich bedünken, als habe der alte Oberförster so unrecht nicht, denn das Elternhaus, wenn
es auch längst in andern Händen ist, bleibt dem füh-
lenden Menschen stets die Heimat, und der Garten,
dessen Früchte uns erfreuten, da wir noch Kinder waren, heimelt uns auch dann noch an, wenn er auch im
Flurbuche einem andern Besitzer zugeschrieben ist. Das
Verkaufen und Tauschen der Erbgüter, das Durchein-
anderwerfen von Grund und Boden unter dem Vor-
wande der Abrundung ist nichts als eine Lockerung
der Begriffe von Mein und Dein, woran unsere Zeit
mehr krankt, als sie merkt und eingestehen will.

Und ich frage Jeden aus der alten Schule, der
sein engeres Vaterland und seine Geschichte lieb hat,
ob es ihm nicht ganz heimlich zu Muthe wird, wenn
er plötzlich in einem Lande, das nun einen neuen Herrn
hat, das Wappen und die Farben seines Heimatlan-
des sieht und man ihm sagt, die Stätte, darauf du
stehst, gehörte ehemals zu deinem Vaterlande? So ist
es mir gewesen im sogenannten Hanauer Ländchen, das
jetzt zu Baden gehört, und auf dem Rheinfels, der
Preußen zugefallen ist, und in Braubach und auf der
Maksburg und im Epsteinischen, die jetzt zu Nassau
zählen. Und so würde es mir sein, wenn ich ein Bur-
weiler wäre, an dessen längstzerstörten Garten mich die

Orangenbäume im Schloßgarten zu Darmstadt erinnern, oder in Pirmasens, dieser raschen Lieblingsschöpfung Ludwigs IX.

So hat mich's auch angeheimelt, als ich in dem alten Badhause zu Schlangenbad den verschlungenen Namen des Landgrafen Carl von Hessen=Cassel fand, und man mir erzählte, daß das Badhaus dicht an der Grenze der niedern Grafschaft Katzenelnbogen liege, von der unsere Landgrafen ehemals Besitzer waren und deren Wappen sie noch führen. Da dachte ich mich in die Zeit hinein, wo Landgraf Heinrich III. von Hessen sich mit Anna, der Erbtochter Philipps des Reichen, des letzten Grafen von Katzenelnbogen, vermählte und 1479 die Grafschaft an Hessen brachte; wo Landgraf Philipp, der Großmüthige, 1562 seinem Sohne Philipp II. Rhein=fels mit einem schönen Stück vom Rheingau und Katzen=elnbogen vermachte und ihn über sein kleines Achtel damit tröstete: „Ich weiß, Lips, daß du gerne Wein trinkst." Aber der Wein war nicht die einzige Segens=quelle, die das schöne Achtel seinem Besitzer spendete, viele, viele Mineralquellen entspringen dort dem Schooße der Erde, und schon damals waren die Bäder von Ems und Schwalbach und die Mineralquellen in den Thälern des Taunus bekannt und in Gebrauch.

Nur der warme Bach, dessen Quellen jetzt die Bäder von Schlangenbad füllen, floß ungekannt und ungenutzt durch das Waldthal und machte die Grenze zwischen Hessen und Mainz, und trieb die drei Müh=len, die in der Waldschlucht lagen. Ein krankes Kind, das sich hierher verirrte und dem das Bad in dem Warmbach die Gesundheit wieder gab, soll zuerst auf die Heilkraft des Waßers aufmerksam gemacht haben,

und das ist eine schöne und bezeichnende Sage, denn
furchtloser Kindes= und Natursinn gehörte dazu, in die=
ser Waldeinsamkeit Gesundheit suchen zu wollen. Denn
die ersten Besucher des neu entstandenen Bades wuß=
ten die Gegend gar nicht schauerlich genug zu schildern;
„sie habe nichts als Berg und Laub und Gras“,
sagen sie.

Lange Jahre hinter dem Kinde, das hier seine Ge=
nesung fand, entdeckte ein Medicus, mit Namen Glozin
aus Worms, die Heilquellen in der Waldschlucht und
kaufte sie den Bärstädtern, zu deren Gemarkung sie ge=
hörten, um zwei Ohm Wormser Wein ab, und die Bär=
städter Bauern müssen geglaubt haben, einen guten Han=
del zu thun, denn sie gaben dem Käufer auch noch das
nöthige Holz zum Bau des ersten Badhauses drein,
nur hielten sie sich aus, daß sie und ihre Nachkommen
ein freies Bad hier haben dürften. Und dieser Punkt
des Vertrags wird ihnen gehalten bis auf diesen Tag.

·Da aber der Landgraf Carl von Hessen das Ho=
heitsrecht über die warmen Quellen hatte, so baute er
1694 das erste Badhaus, setzte einen Doctor und Haus=
meister hinein, und das Bad gefiel dem damaligen Kur=
fürsten von Mainz so sehr, daß er diesem gegenüber
auf Mainzer Gebiet ein noch größeres Haus aufführen
ließ, aber leider auf seinem Antheil keine warmen Quel=
len fand und darum bei seinem Nachbarn zu Bade
gehen mußte.

Das neue Bad hieß anfangs das „Bärstädter Bad“,
obgleich das Dorf eine halbe Stunde entfernt liegt,
dann nannte man es „Carlsbad“ von seinem Stifter,
aber auch der Name wollte nicht fangen, und endlich
machte sich einer geltend, den es noch führt, „Schlangen=

bab", so genannt von der wirklich großen Zahl einer
Schlangenart, Coluber flavescens, die alte Mauern
und Berge ringsumher bewohnt, über Wege und
Stege hinschleicht, durch alle Gebüsche raschelt, und
von den Buben gefangen und den Badegästen verkauft
wird. Das Thierchen ist sehr harmlos und ohne Gift,
kann aber wol bis zu fünf Fuß lang werden.

Aber alles bisher Gesagte habe ich nur vorausge=
schickt, um von einer Schlangenlist zu erzälen, deren
Anfang Paris und deren Ausgang das einsame Schlan=
genbad in den Taunuswäldern war. Wie das Schlan=
genbad allmählich in die Höhe kam, wie die Herren
von Grund und Boden die Curgebäude allmählich er=
weiterten und verschönerten, so kamen im hohen Som=
mer auf halsbrechenden Wegen oft eine Menge hoher
Herrschaften hierher, und diesen zu Lieb wurde der
Wald gelichtet, wurden Hainbuchenalleen, im Geschmack
jener Zeit, und Springbrunnen angelegt.

Man brachte auch Frauenzimmer mit und Köche
und Spielleute, und die Herrschaften vergnügten sich
so gut es gieng durch Spiel und Trank und Kurz=
weil und Bankspiel um geringen Einsatz, und badeten
und tranken das Schlangenwaßer und fürchteten für
ihr Leben und ihre Freiheit in der düstern Waldein=
samkeit gar nicht; denn man war ja im lieben Deutsch=
land. Und zumal war jetzt im Sommer 1709 Friede,
wenn nicht gerade in aller Welt, so doch am Rhein=
strome.

Aber es saß auf dem Throne von Frankreich
Ludwig XIV., der Straßburg ohne Fug und Recht vom
deutschen Reich gerißen, der die Pfalz verwüstet, der
durch seine Mordbrenner, die sich Generale des christ=

lichſten Königs nannten, und durch ſeine Soldaten, die,
wie jetzt, auch damals aus dem gebildetſten Volk ge=
nommen waren, hunderte von Dörfern und Städten
anzünden, dem Boden gleich machen, die Kirchen und
Gräber entweihen, die Einwohner zu Tauſenden ins
Elend treiben und mit viehiſcher Grauſamkeit ſchänden
und ſchinden ließ. Und wer's nicht glauben möchte, —
und der Franzoſe bisputiert noch heute mit uns über
die Wahrheit — der leſe erſt, was auf dem Denkſtein des
Marſchall Turenne bei Saſſbach ſteht: „hier iſt Turen=
nius vertöbtet worden", und dann frage er, warum das
ſchöne Heidelberger Schloß in Trümmern liegt, warum
die Starkenburg als Ruine gen Himmel ſtarrt; dann
leſe er, was von Bensheim, Heppenheim, Zwingenberg
an der Bergſtraße, was von dem Hunger im flachen
Land zwiſchen Rhein und Main in den Kirchenbüchern
von den Geiſtlichen aufgezeichnet iſt aus dem ſoge=
nannten Orleans'ſchen Kriege. Oder er gehe über den
Rhein und frage, warum in der Rheinpfalz, in den
Städten Landau, Worms, Oppenheim, die Schlöſſer
verwüſtet, die Kirchen beſchädigt, alle alten Gebäube
mit Brandſpuren geſchwärzt ſind, und alle Dörfer
und Gärten und Weinberge neu, durchweg neu haben
aufgebaut und angelegt werden müßen; und man wird
mit Erſtaunen und Schmerz hören und leſen, ſolche
Verwüſtung hat die Giftſchlange Fürſtenhoffart, die da=
mals die Krone von Frankreich trug, befohlen und
ausgeführt. Hatte doch damals Kurmainz ſich durch
eine Abgabe, wie ſie lange Jahre die Raubſtaaten von
Afrika von den chriſtlichen Völkern erhoben, von der
Tyrannei und Plünderung des übermüthigen Franzo=
ſenvolkes loskaufen müßen.

Glaubrecht, neue Erzählungen.   4

Aber das war der Schande noch nicht genug. Der Franzosenkönig hatte, Gott weiß warum, etwas gegen den Deutschmeister Fürst Franz Ludwig von Pfalz-Neuburg, und hatte durch seine Spione ausgewittert, daß er sich in Schlangenbad aufhalte. Als seine Mitgäste werden uns namentlich auch ein Prinz von Mecklenburg und ein Graf von Braunfels genannt, und anderer hohen Herren Viele, auch viele Frauenzimmer. Von ehrlichen Waffen war schon längst in der französischen Politik nicht die Rede mehr, darum dingte der König zu einem rechten Franzosenstücklein einen gewissen Lacroix, auch Kleinholz genannt, der wahrscheinlich noch mehr Namen führte und ein verflixter Kerl muß gewesen sein, denn er wußte Weg und Steg wol und hatte wahrscheinlich, wie der Fuchs, den Stall erst zeitig umschlichen, ehe er einbrach. Genug, am 17. Juli, als die Badegäste nichts ahnend gerade im Mainzer Haus versammelt waren, da fiel dieser Parteigänger mit einer Rotte Raubvögel, wie er selber einer war, in das Haus ein. Die Fürsten verrammelten in der Eile die Thüren zu dem Zimmer, darin sie sich aufhielten, aber diese wurden eingeschlagen und es entspann sich ein wüthendes Handgemenge. Der Deutschmeister wehrte sich wie ein Verzweifelter, schoß selbst den Führer nieder, aber sein Marschall, ein Herr von Wechternach, und sein Mundschenk fielen in Vertheidigung ihrer Herren, und die Buschklepper blieben Sieger. Erst plünderten sie als rechte Freibeuter die Badehäuser aus und dann schleppten sie den Deutschmeister und seine Genoßen davon, um über die Berge den Rhein zu erreichen und von da nach Frankreich zu entkommen. Der Deutschmeister hatte im Handgemenge den einen Schuh verloren, und litt auf den rauhen

Waldwegen erschrecklich; aber so oft er vor Schmerz
und Erschöpfung niederfiel, rißen sie ihn auf und be-
brohten ihn mit ihren Mordwaffen.

Doch das Bubenstück sollte dennoch nicht vollstän-
dig gelingen. Die Sturmglocken riefen die Bauern
der ganzen Gegend unter die Waffen und diese setzten
den Räubern nach, die, ihres Führers beraubt, sich in den
Bergschluchten nicht zurecht finden konnten. Die Rauenthaler, in deren Gemarkung auch schon damals ein
fürtrefflicher Wein wuchs, waren die ersten, die sie in
der sogenannten Viehtriftshohl bei Kieberich fanden.
Dort verlangten die Räuber freien Ab- und Durchzug
durch das Mainzische, weil ja der Kurfürst ein Vasall
Frankreichs sei; aber davon wollten die Rauenthaler
nichts wißen; sie fielen über sie her, bläuten sie tüchtig
durch und jagten ihnen ihre Beute wieder ab. Als die
andern Bauernhaufen ankamen, hatten die Rauenthaler
bereits reine Arbeit gemacht, die Franzosen gebunden
und nach Mainz abgeführt.

Was es mit ihnen gegeben habe, darüber schweigt
die Geschichte; aber ich glaube, man hat ihnen nicht
viel gethan, sondern hat sie bei Nacht und Nebel laufen
laßen, um den hohen Herrn, der das Bubenstück befohlen, nicht noch mehr zu reizen. Aber das hat man
gethan, man hat hüben und drüben Soldaten hingelegt,
die Badegäste zu bewachen, und auch eine Kanone hat
man aufgefahren, und damit von Zeit zu Zeit weidlich
geknallt, wenn neue Badegäste ankamen. Den braven
Rauenthalern soll man dagegen ein Geschenk für ihre
Heldenthat versprochen, aber nicht gegeben haben. Thut
auch durchaus nichts, denn es ist für einen braven
Mann schon genug, wenn ihn unser HErrgott brauchen

4*

kann, ein Bubenstück zu vereiteln, und namentlich sollte
jeder gute Deutsche sich an dem Ruhm genügen laßen,
ein französisches Stücklein zu nichte gemacht zu haben;
denn:

> „Einen Wälschen zu hintergehen,
> Muß man Morgens früh aufstehen.“

VI.

Mutterliebe.

——

„Ist eine Mutter auch noch so arm,
So gibt sie ihrem Kinde warm."

In dem Jahre, da die Franzosen zum ersten Male
in Mainz lagen, — es war damals, als sie ohne Geld
und Hosen Deutschland Brüderschaft anboten und es
dann bestahlen, und als die sogenannten Patrioten sie
nach Mainz eingeladen und ihnen das Nest sehr be=
quem gemacht hatten; — da waren etliche Fürsten
Deutschlands, die hielten es für himmelschreiend, daß
man den Erbfeind sich so ohne Weiteres auf ungerechte
Kosten laße in's heilige deutsche Reich einlegen, und
sie rückten mit ihren Heeren vor die Stadt, um die
Franzosen heraus zu treiben. Das gieng aber so schnell
nicht und den Soldaten der Reichsarmee ward darüber
die Zeit lang, so daß Etliche sich selbst rantionierten,
und, um Grund und Ursache gefragt, alles Ernstes er=
wiederten: „die Franzosen hätten wahrhaftig
mit Kugeln geschoßen."
Das that nun ein ehrlicher Vogelsberger, der
unter den Hessen diente, nicht, wol aber schrieb er

an seine Mutter nach Haus, das Quartier sei schlecht,
und mit Eßen und Trinken verderbe man sich den
Magen auch nicht, man müße allzeit einige Därme
wüste liegen laßen. Das jammerte denn die Mutter
sehr, daß ihr lieber Sohn sollte neben schlechtem
Quartier auch noch Hunger leiden, und sie nahm aus
dem Beutel hinter dem Ofen eine gehörige Faust voll
Hirse oder auch zwei, denn in einem rechten Hirsebrei
muß der Löffel stehen, wie der Soldat im Glied, sagte
keinem Menschen, was sie vor hatte, und kochte ihrem
Christoph einen Hirsebrei, so steif und saftig, daß ihr
selbst der Mund darnach wäßerte. Wie aber der Brei
zum Ausschöpfen fertig war, da fiel ihr ein, denn eine
gute Mutter denkt an Alles, daß ihr Christoph das
Braune, das an den Rand des Kroppen sich anhänge,
lieber eße als Zucker und Zimmet oder Schmalz darauf, und sie that den Brei in kein anderes Gefäß, sondern stellte ihn im Kröppchen ruhig zur Seite. Sie
wußte, was sie thun wollte. Und als wieder Morgen
ward, da hob sie das Kröppchen in ihre Kieze, legte
einen Laib schwarzes Brod darauf, und wanderte ungesehen und unbeschrieen aus dem Dorfe. Sie stieg von
den Bergen herab in die Ebene, sie durchwanderte mit
rüstigen Schritten die Wetterau, Krieg und Kriegsgeschrei kümmerte sie nicht, der Donner der Kanonen, die
ihre Geschoße in und aus der Stadt warfen, schreckte
sie nicht. Sie fragte im Lager nach ihrem Christoph,
und als man ihr sagte, daß er heute in die Laufgräben
commandiert sei, so ließ sie sich in seine Baracke führen.
Dort machte sie ein Feuer an, als ob sie allein hier zu
gebieten hätte, und als der Christoph todtmüde und geschwärzt von Pulverdampf am Abend seine Ruhestätte

aufſuchte, da fand er ſein Mütterlein, das mit einem
dampfenden Hirſebrei ſeiner wartete, und zu ihm ſagte:
„Chriſtoph, iß aus dem Kröppchen, der ganze braune
Rand ſteckt noch drin."

„Muttertreu
Iſt täglich neu." .

VII

Muttertreue.

„Kommt her und sehet, hier ist der Ort,
Nach dem gefraget mich euer Wort.
Hier wohnt verhüllt von Erd und Stein
Nun euer todtes Mütterlein.“

Da steht der Krieger lang und schweigt,
Das Haupt hinab zur Brust geneigt.
Er steht und starrt zum theuren Grab
Mit thränenfeuchtem Blick hinab.

Dann schüttelt er sein Haupt und spricht:
„„Ihr irrt, hier wohnt die Todte nicht.
Wie schlöß ein Raum so eng und klein
Die Liebe einer Mutter ein?““

„Je lieber Kind, je schärfer Ruthe.“

Es hatte vor mehr als hundert Jahren ein armer Leinweber in einem kleinen Dorfe der Wetterau einen klugen Sohn. Der aß das Brod der Armuth in seines Vaters Hause mit Geduld; aber wo er ein Buch habhaft werden konnte, das las er und lernte ungeheißen und ungesehen soviel, daß man den Vater überredete, den

jungen studieren zu laßen. So that er ihn denn in
Gottes Namen auf die Schule nach Hanau, und der
Sohn gedieh und brachte gute Zeugnisse mit heim.
Aber gerade das „Heim" konnte er nicht vergeßen, und
so oft er das Vaterhaus wieder gesehen hatte, und
Abschied nehmen sollte, dann gieng es an ein Weinen
und Lamentieren, daß dem Vater das Herz dabei blutete
und er mehr als einmal auf der Zunge hatte, zu sagen:
Bleib daheim und werde, was ich auch bin." — Aber
des Sohnes Heimweh und des Vaters Kummer dar=
über gefiel der Mutter übel, und als er wieder einmal
unter Mühe war zum Haus hinaus persuabiert worden,
da begleitete sie ihn bis in den sogenannten „langen
Wald". Dort schnitt sie sich einen Stock aus den Hecken
und indem ihr der Sohn die Hand zum Abschied reichte,
so ergriff sie ihn und prügelte ihn aus Leibeskräften
durch, mit der Bemerkung: „So, jetzt gang hin, wirst
sobald nicht wieder heim mögen!" Aus dem Sohn ist
hernach ein tüchtiger Pfarrer geworden, und ich bin
gewiß, hätte er damals der Mutter ins Auge sehen
können auf dem Heimwege, er hätte Thränen darin ge=
sehen. Und doch war die Mutterliebe treuer denn die
Vaterliebe, „denn weiches Herz macht weiche Zucht."

Ach, was ist es doch mit der Ruthe in Gottes
Hand noch ein viel wunderlicher Ding! Erst wenn wir
einmal ins Vaterauge im Himmel hineinsehen werden,
dann werden wir erkennen, daß alle seine Ruthen gar
gut gemeint gewesen, und werden uns der Trübsal
rühmen lernen, was uns hier so sauer vorkommt, wie
dort dem heimwehsiechen Schüler die Schläge von
Mutterhand!

VIII.

Der Mittagstisch.

„Du gibst ihnen ihre Speiſe zu ſeiner Zeit.“

Wie der liebe Gott Manchem den Tiſch deckt, das
gehört zu den Wundern, die wir täglich erleben, und
doch nicht begreifen, obgleich wir's an den Vögeln un=
ter dem Himmel lernen könnten. Emilie, die Tochter
eines Landpfarrers, ward einſt von ihrem Vater nach
der zwei Stunden entfernten Stadt geſchickt, um ein
bringendes Geſchäft zu beſorgen, und beim Abſchiede
hatte der Vater dem Kinde einen halben Gulben in die
Taſche gegeben, mit dem Bemerken, erſt das Geſchäft
zu beſorgen und dann in einem näher bezeichneten Gaſt=
hauſe ein Mittagsbrob zu eßen; denn Verwandte oder
Bekannte, die das Kind hätten zu Tiſche laden können,
hatte die Familie in der Stadt nicht. Wie Emilie aus
dem Walde, der ihr Vaterdorf von der Landſtraße
trennte, heraus trat, ſo ſieht ſie in voller Eile eine
Chaiſe daher fahren, und hört aus dem aufwirbelnben
Staub einen lauten Schrei. Sie beeilt ihre Schritte
und ſieht einen Mann, der weinend neben ſeinem um=
geſtürzten Schiebkarren ſteht und laut klagt, daß ihm

der unvorsichtige Kutscher seinen Karren mit Eiern um=
geworfen habe. „Er habe", so jammerte der Mann,
„diese Eier mit geborgtem Gelde zusammengekauft, um
von dem Erlöse in der Stadt Brod für seine arme
Familie mit heimzubringen und nun liege seine Hoff=
nung da und kein Gott könne ihm die Eier wieder
ganz machen." — Das Kind tröstete den Mann, so gut
es konnte, aber der stund händeringend neben den zer=
brochenen Eiern und wollte sich nicht trösten laßen.
Da griff Emilie in ihr Arbeitskörbchen und gab ihm
den halben Gulden, dafür Brod zu kaufen, Gott und
gute Leute würden wol weiter helfen. Der Kärrner
nahm unter heißem Dank das Geldstück, und Emile
gieng, froh im Herzen, ein gutes Werk gethan zu ha=
ben, weiter. Die Stadt war bald erreicht, aber das
Geschäft so bald nicht ausgeführt. Der Kaufmann,
dem ihr Auftrag galt, war abwesend, und wurde erst
in zwei Stunden wieder zu Hause erwartet. Sie gieng
darum in der Straße auf und ab, besah sich die Kauf=
läden, und bemerkte erst, als die Sommerhitze größer
und die Straßen leer wurden, daß es Mittag sein
müßte. Der Hunger meldete sich allmählich, und sie
griff unwillkürlich in die Tasche, nach dem Gelde zu
suchen; das aber hatte sie dem armen Kärrner gegeben
und an sich nicht gedacht.

Müde und hungrig gieng das Mädchen durch das
Thor, um in dem Schatten der Lindenallee sich auszu=
ruhen; da fiel ihr Blick auf das offene Thor des Fried=
hofs und sie trat hinein. Die Trauerweiden und blü=
henden Sträucher, die liebende Hände auf die Gräber
gepflanzt hatten, warfen einen einladenden Schatten auf
die Hügel und unter eine solche Trauerweide, an dem

Fuße eines schönen Denksteins setzte sie sich nieder.
Sie las die Inschrift; es war die Ruhestätte eines
jungen Mädchens, und mit inniger Theilnahme schaute
sie auf die schöne Gestalt, die der Künstler in halb
erhabener Arbeit auf dem Steine angebracht hatte, wie
sie sinnend mit herabhängenden Locken auf eine ver=
welkte Blume zu ihren Füßen schaut, während über
ihr ein Schmetterling emporflattert. Das Kind ver=
stund die Deutung des Bildes in der tiefsten Seele,
und wie es sich nach seiner Tasche niederbückt, um die
herabfallenden Thränen mit dem Taschentuche zu trock=
nen, da glänzt ihr etwas Helles aus dem Grase ent=
gegen und es hebt zu seinem Erstaunen ein werth=
volles Goldstück auf.

„Behalten und Speise kaufen?“ O nein, dieser
Gedanke war nicht der erste. „Wiedergeben dem Eigen=
thümer“, das war der erste. Emilie sieht sich auf dem
Kirchhofe um; da bemerkt sie auf einem entfernten
Grabe einen Fremden, der gleich ihr die Inschrift an
den Gräbern studiert, gewiß mit ähnlichen Gefühlen wie
sie, denn die Gräber halten der Jugend wie dem Alter
dieselbe Predigt. Sie geht auf den Fremden zu, reicht
ihm das Goldstück und fragt ihn, ob er es verloren
habe. Der Mann sieht theilnehmend ins freundliche
Auge des Kindes und sagt dann: „Ja, meine Tochter,
ich habe das Goldstück wirklich verloren, wahrscheinlich
als ich mir das schöne Denkmal dort in meine Schreib=
tafel zeichnete; aber behalte es immerhin, ich kanns
entbehren und wünschte gern Deine Ehrlichkeit zu be=
lohnen.“ — „Aber ich bin nicht gewohnt, aus fremden
Händen Gaben zu nehmen“, sagte bescheiden das Mäd=
chen, „nehmen Sie das Geld, ich kann's nicht behalten.“

Der Fremde aber wurde mit der Gabe immer bringen=
der und endlich sagte Emilie: „Nun so geben Sie mir
etliche Groschen, denn ich habe Hunger und weiß nicht,
woher ich Geld nehmen soll." — Mit Erstaunen sah
der Femde das gutgekleidete Kind an, schüttelte den
Kopf und sagte dann, indem er das Du plötzlich in
Sie verwandelte: „Also fremd sind Sie hier und haben
Hunger? Haben Sie die Güte, mich zu dem nahen
Gasthofe zu begleiten, ich bin Vater von mehreren
Kindern, älter als Sie sind, Sie können mir getrost
folgen." Emilie besann sich einen Augenblick und dann
folgte sie dem Fremden.

Als sie ihrem freundlichen Wirthe gegenüber saß,
und der dem Kinde von seinen Kindern erzählte und
nach Heimat und Vater und Mutter fragte und Emilie
gesprächiger ward, da forschte er vorsichtig nach ihrer
heutigen Anwesenheit auf dem Friedhofe und als er
die einfache Wahrheit erfahren, da nahm er eine gol=
dene Nadel von der Brust uud sagte: „Emilie, von
dem Fremden nimmt man nicht gern Gaben, aber von
dem Freunde verschmäht man ein Andenken nicht.
Nimm das und hab Dank für die schöne Lebensstunde,
die Du mir heute bereitet hast. Gott laß es Dir wol=
ergehen auf Deinem Lebenswege."

Emilie hat den Namen des Fremden nie erfahren,
aber die Nadel hat sie noch, und denkt gerne an den
Hunger, den sie namals gehabt, und an den Tisch, den
ihr Gott so unvermuthet gedeckt hat.

IX.

Der Bergschäfer.

Da droben auf jenem Berge
Da steht ein altes Schloß,
Wo hinter Thoren und Thüren
Sonst lauerten Ritter und Roß.

Verbrannt sind Thüren und Thore
Und überall ist es so still,
Das alte verfall'ne Gemäuer
Durchklett'r ich, wie ich nur will.

Hier neben lag ein Keller
So voll von köstlichem Wein,
Nun steiget nicht mehr mit Krügen
Die Kellnerin heiter hinein.

Sie setzt den Gästen im Saale
Nicht mehr die Becher umher,
Sie füllet zum heiligen Mahle
Dem Pfaffen das Fläschchen nicht mehr.

Sie reicht dem lüsternen Knappen
Nicht mehr auf dem Gange den Trank,
Und nimmt für flüchtige Gaben
Nicht mehr den flüchtigen Dank.

Denn alle Balken und Decken
Sie sind schon lange verbrannt,
Und Trepp und Gang und Kapelle
In Schutt und Trümmer verwandt.

1.

Wo mag überall im lieben Deutschland der Baum gehauen sein, der mit seinen Lichtern auf diese Erzählung herabfällt, die auch ein kleines Bild der großen Gabe sein soll: Euch ist heute der Heiland geboren? Welches Kind fragt nicht, wo der Weihnachtsbaum herkomme, welches schaut nicht nach den waldigen Bergen seiner Heimat, wenn Christtag naht und alle Bäume ihren Schmuck verloren haben, und nur der Tannenbaum mit seinen treuen Blättern noch in dem alten grünen Kleide steht? Das weihnachtfrohe Kind meint, der Boden selbst, darauf das Christbäumchen steht, müße ein heiliger Grund sein, und fragt und forscht, was für Sagen zwischen den Tannenbäumen spielen, und ob nicht etwas herüberklinge aus der Zeit, da der Heiland geboren ward oder aus der, da die Ritter auf den Bergen hausten und die Schlößer bauten, zwischen deren Ge= mäuer nun die Christbäume wachsen?

Und je näher nun das Christfest kommt und je länger die Abende werden und je verlangender den Kindern das Herz klopft nach den Gaben des Weih= nachtsabends, desto mehr fragen sie nach Erzählungen, Märchen und Sagen, die zwischen den Tannenbäumen auf den Höhen ihre Wohnung haben und möchten da= mit die Zeit des Wartens sich kürzen.

Und wo ist denn eine Stelle im Vaterlande, wo die Christbäume nicht wachsen und wo die Berge mit ihren Wäldern und ihren Schlößern und Ruinen darauf nichts erzählten? Am Rhein wie am Neckar, an der Donau wie an der Elbe, gibt's überall Plätze, die reich an Sagen sind, und wo die rechten Erzähler auch gar

zu gerne die rechten Hörer finden, zumal aus der Kin=
derwelt, wenn draußen der Schnee liegt und der Wind
durch die Weihnachtsbäume rauscht. Das weiß ich aus
eigener Erfahrung, da ich selbst noch ein Kind war,
und die Entdeckungsreisen durch das Gemäuer der alten
Burg meiner Heimat machte und, von innerem Schauer
ergriffen, in die Erdhöhle hineinsah, die das Volk „der
wilden Frauen Haus" nannte, oder mir wiederholt er=
zählen ließ, wie groß die Schlange gewesen sei, die in
dem „Drachenloch" gewohnt.

Und weil ich weiß, daß das Kindesohr lauscht auf
der Väter Sitte, Sang und Sage, und weil ich möchte,
daß es diese heimatlichen Klänge lieb behielte, und
neben dem vielen Neuen, das die Zeit bietet, das Alte
aus der lieben Heimat nicht vergäße; so will ich selber
ein Geschichtchen erzählen aus meiner Nähe und zwar
von dem Berge, davon jährlich mein Christbaum herab=
geholt wird. Er wächst aber auf dem Glauberg,
und zwar zwischen Mauerwerk und Steintrümmer, und
wenn man auftritt mit festem Fuß, so klingt es unter
den Füßen, und die Leute sagen, da drunten seien große
Keller von einem alten Schloße, das einst hier oben
gestanden, und in den Kellern liege alter, alter Wein,
daß er längst der Fäßer entbehren könne, er liege in
seiner eigenen Haut und sei dick wie Oel, und wenn
ein Alter ihn trinke, so werde sein Angesicht glänzend
und seine Gestalt wie eine Jünglingsgestalt. Und fragt
man, woher man das wiße und wer da unten gewesen
sei und den Wein in seiner eigenen Haut gesehen habe,
dann sagt man, es sei einst vor grauen Jahren ein
Männlein in's Dorf gekommen, das am Fuße des Glau=
bergs liegt, das sei gar sonderbar und altmodisch ge=

kleidet gewesen, und habe einen blauen und einen rothen
Strumpf angehabt, und der habe den Leuten erzählt
von dem Keller und dem Wein. Item, in dem Dörf=
lein hat sich das Männlein nicht lange verweilt, son=
dern ist nur so durchgegangen, etwa wie ein Bettler,
der nach dem Bettelvogt umschaut und kehrt nur immer
im zehnten Haus ein. Das Dorf aber heißt, wie der
Berg selbst, Glauberg.

Es liegt aber der Glauberg auf der letzten Hügel=
reihe, die vom Vogelsberg aus in die Wetterau streicht;
jetzt ist er auf der Landkarte zu suchen im Großherzog=
thum Hessen, ehemals mußte man ihn an der Grenze
des Reichsforstes suchen, wenn man anders damals Land=
karten hatte, als der heilige Sturmius, der Gehülfe
des Bonifacius, durch den buchonischen Wald, das war
eben der Reichsforst, zog, um einen Platz für ein Kloster
zu suchen. Er fand den ganzen weiten Wald unbe=
wohnt, nur einmal begegnete er einem Haufen Sclaven,
die in der Fulda badeten, und ihn und sein Thier er=
schreckten. Und als er tiefer in die Wildnis eindrang,
geschreckt durch die Menge der wilden Thiere, und nichts
sahe, als ungeheure Bäume und Bäche und Sümpfe,
da entfiel ihm fast der Muth und er sehnte sich nach
einem Menschenangesicht in der Wildnis. So hatte
er eines Abends, da die Sonne untergieng, seinem Esel
einen Zaun von Reisig gemacht, damit ihn die Wölfe
nicht zerrißen, und sich dann gläubig in den Schutz
Gottes befohlen; da hörte er in der Ferne ein Geräusch,
als wenn ein Thier durch's Waßer gehe. Er stund
erschrocken auf, und um sich zu vergewißern, ob Thier
oder Mensch in seiner Nähe sei, schlug er mehrmals
mit der Art an einen hohlen Baum. Da nahten sich

ihm Tritte, und zu seinem freudigen Erstaunen erkannte
er einen Mann, der ein Pferd am Zügel führte. Der
Mann sagte ihm, er sei unfern der Straße, die man
Ortesweca (Ortesweg) heiße, er komme aus der Wetter=
au und führe das Pferd seines Herrn, wohin, das wird
nicht gesagt; aber daß sein Herr Ortes heiße, das er=
zählte der Knecht. Beide Wanderer blieben unter Got=
tes Schutz die Nacht über zusammen, und als sie sich
am Morgen getrennt hatten, da fand Sturmius den
Ort, wo nachher das Kloster Fulda gebaut wurde.

So sahe es also im Reichsforst, dem buchonischen
Walde, aus, darin auch der Glauberg lag. Jetzt frei=
lich ist es anders darin, und auch der Name ist ein
anderer geworden; er heißt jetzt der Vogelsberg. Die
Wälder sind gelichtet, schöne Dörfer liegen in den Grün=
den, Heerden weiden auf den Höhen, und aus den
Wäldern, die noch stehen und die Berge krönen, kom=
men die Quellen herab und werden zu Bächlein, und
die durchströmen das angebaute Hügelland, und Nie=
mand sieht es den friedlichen Wässerlein an, daß sie
ehemals die Thäler versumpften und zwischen riesen=
großen Eichen und Linden das Elenn, oder der Alce,
wie die alten Deutschen diese Hirschgattung nannten,
mit dem Auerochsen oder Wisant um die Weide stritt.

Wo nun zwei dieser Bergflüßchen, der Niddorn
und die Semena, jetzt Nidder und Seemen geheißen,
aus dem Reichsforst heraustreten in die Ebene, da be=
spühlen sie erst den Berg, der Glauberg heißt. Der
schaut also hinab in zwei blühende Thäler; und wenn
man aus den Thälern hinaufsieht zu der waldigen Kuppe
des Glaubergs, dann zieht es einen gar traulich hinauf
in den Schatten der Laubbäume und zwischen die Tan=

nen, die seinen Gipfel begrünen. Laß uns zusammen hinaufsteigen und uns auf das weiche Moos da oben lagern, oder auf die Steinbank setzen, die aus Mauer= trümmern dort zwischen den Fichten erbaut ist; von da ist die Aussicht gar weit und labend. Gute Geister gehen hier oben um zwischen den seltenen Bergblumen, und erzählen dem Fremden von des Berges Geschichte; laß uns hören, was sie uns vertrauen. Durch die Gipfel der Tannen rauscht es in gar heimlicher Weise und die Amsel singt aus den Büschen in vollen Tönen das Abendlied.

Ungefähr in der Mitte zwischen dem Gipfel des Glaubergs und dem Dorfe an seinem Fuße liegt der Glaubergsborn. Der ist gefaßt in ein sauber Brunnen= stüblein und sein Wasser hat Frische und Wohlgeschmack und wird noch jetzt von den Kranken begehrt. Bis dahin gieng ehemals das Dorf, jetzt liegt es viel weiter unten, und noch weiter hinauf soll die Stadt gegangen sein, denn die Sage begnügt sich nicht mit einem so kleinen Namen. Hier am Glaubergsborn lag, ein Menschenalter nach dem breißigjährigen Kriege, ein kleines Häuschen, als das letzte im Dorfe, und in ihm wohnte der Schäfer=Kaspar mit seiner einzigen Tochter Elsbeth. Das Häuschen war eins der we= nigen, die verschont geblieben waren, als heute der Schwede und morgen der Kroate sich um die Dörfer und die letzte Habe der armen Bauern stritt; Muth= will und Grausamkeit im Bunde hetzten das arme Volk wie eine Heerde, vom Wolf gescheucht, und der Schäfer= Kaspar hatte, auf den Tod geprügelt, froh sein müßen, das nackte Leben im Walde zu bergen. Sein Blick fiel von da aus auf die brennenden Dörfer rings umher;

bis in seinen Schlupfwinkel brang das Wehegeschrei der geängstigten Leute, die im Dorfe geblieben waren, um wo möglich einen Theil ihrer Habe zu retten. Vergebliche Hoffnung; mochten die armen Bauern bleiben oder gehen, es blieb ihnen kein Schaf im Stall und kein Huhn im Hofe. War dazu die Hofraithe niedergebrannt, was feßelte sie an die Heimat? Zum Wiederaufbauen war nicht Zeit und Geld vorhanden, zum Säen fehlte es an Zugvieh und Saatfrucht; lieber nahm der Hausvater den Wanderstab und zog aus, sich eine neue Heimat zu suchen und eine Stätte des Friedens. Unter Weges zerstreuten sich die Kinder, die Söhne folgten der Kriegstrommel, die Töchter verkamen in Sünd und Schande, und als der heißersehnte Friede endlich kam, da hatte so ein Dorf kaum den britten Theil seiner Bewohner mehr. Der Schäfer-Kaspar war hübsch in der Nähe seines Häuschens geblieben, denn er hieng an dem väterlichen Erbe und nicht minder an einem Mägdlein dort drüben über dem Walde, und das dachte er zu freien, wenn Friede würde. Und wie nun Friede warb und die Kirchenglocken wieder läuteten, die man nicht gestohlen hatte, da zog in das Häuschen am Glaubergsborn des Schäfer-Kaspars Hausfrau ein, und sie lebten zusammen in glücklicher Ehe, obgleich Schmalhans Küchenmeister bei ihnen war, und die Schafe erst allmählich wieder wachsen mußten, die sie hüteten. Aber wie die Heerde wuchs, so wuchs auch das Brod im Hause, und als die Elsbeth, ihre einzige Tochter, so groß war, daß sie Schlehen von Äpfeln unterscheiden konnte, da gefiel es ihr gar gut in dem kleinen Haus der Eltern und auf dem Berge neben dem Born und unter den Hecken von wilden

Rofen, zwischen denen die Erdbeeren reiften, und noch
beßer droben auf dem Berge zwischen dem alten Mauer=
werk, von wo man weithin schauen konnte über alle
Höhen weg in die fernen blauen Berge hinein.

Wenn man jetzt an dem Born vorüber auf die
Höhe will, dann muß man sorgsam den Fußpfad wahren,
der zwischen Fruchtfeldern hindurchführt; das war aber
damals nicht nöthig. Nie hatte ein Pflug diesen Bo=
den berührt; dichtes Gesträpp wucherte um den ganzen
Berg her, der Wald gieng in breiten Streifen von der
Höhe herab in's Thal und schloß das Dorf von allen
Seiten ein, und nur hier und da sah man eine Fläche
bebauten Landes im Thal und zwischen Gebüsch und
Wald an der Ridder die Wiesen.

Da hatte denn der Schäfer=Kaspar die Wahl, ob
er drunten im Thal weiden wollte oder droben auf
dem Berge. Seit aber sein Weib ihm gestorben war,
die Elsbeth war damals achtzehn Jahre alt, da hütete
er viel lieber droben auf dem Berge; er konnte von
da hinab sehen mitten in's Dorf, wo neben der Kirche
sein Liebstes ruhte, und er kam sich da oben dem Him=
mel näher vor denn da unten, denn er fühlte Heim=
weh nach der Heimgegangenen.

Wie er nun einmal da oben hütete, es war an
einem warmen Sommertag, und die Gegend im Son=
nenglanze unter ihm lag und die Lerchen jubelnd über
ihm aufstiegen, da kam aus dem Walde herab ein Frem=
der auf ihn zu und fragte ihn nach dem Berge und
was Alles auf ihm geschehen sei; und ließ sich erzählen,
was der Schäfer wußte und nickte dazu oft mit dem
Kopfe, als wiße er selbst die Wahrheit und wolle sie
nur von dem Schäfer bestätigt haben. Und das that

der Fremde nicht einmal, ſondern von da an alle Tage,
ſchier etliche Wochen lang, und der Schäfer ward end=
lich des Erzählens müde, denn die Geſchichten vom Berge
nahmen auch ein Ende. Aber der Fremde wurde nicht
müde; er bat und bat den Schäfer, wie das Kind die
Mutter bittet um das oft gehörte Märlein. Und wenn
Elsbeth dem Vater die Mittagsſuppe brachte, dann bat
er auch die, zu erzählen, und aus ihrem Munde ſchien
der Jüngling die Geſchichten vom Glauberg noch lie=
ber zu hören.

Das war etliche Wochen ſo gegangen, da fragte
der Schäfer einmal den Fremden: „Aber wo ſeid Ihr
denn eigentlich her und wo wollt Ihr von hieraus hin?"
„„Ich bin nirgends her"", ſagte der Fremde, und „„will
auch nirgends hin denn hieher. Hier will ich bleiben,
ſo lange Gott will und habe mir darum droben auf
dem Berge eine Hütte gebaut und lebe von dem, was
der Wald bringt, und hungert mich einmal nach Brod,
ſo gehe ich hinab in's Dorf und hole mir Vorrath auf
viele Tage."" Der Schäfer ſchüttelte den Kopf und
ſagte: „das geht, ſo lange der Berg Beeren trägt und
die Lerchen ſingen, und ſo lange der Beutel Geld hat,
wenn aber das Alles aufhört und der Winter kommt,
was dann?" „„Dann wird weiter Rath werden"", ſagte
der Fremde, „„dann quartiere ich mich in's Dorf und
ſteige täglich hinauf zu meinem Berge, denn mein iſt
der Berg und keines Andern, und ich habe mich aus
der Ferne längſt nach ihm geſehnt.""

Der Schäfer ſagte nichts dazu, aber bei ſich ſelbſt
dachte er: mit dem iſt's im Oberſtübchen nicht richtig;
doch ſprach er gerne mit dem ſonderbaren Menſchen,
der ſich Herr vom Glauberg nannte, und wenn er ihn

einmal einen Tag lang nicht zu Gesicht bekam, dann
that es ihm leid. So waren auch einmal drei Tage
vergangen und der Fremde war nicht zur Heerde ge=
kommen, und der Schäfer schaute vergeblich nach ihm
aus, und die Elsbeth fragte vergeblich, wo der Leder=
wams sei, — so nannte sie ihn, weil er ein lebernes
Koller trug. Der Vater wußte es nicht und das Mäd=
chen gieng sinnend heim.

Wie sie an dem Glaubergsborn vorbeigieng, da
blieb sie stehen und schaute sinnend in die Quelle hinein,
wie sie aufsprudelte, und es war ihr, als sähe sie das
Bild des fremden Jünglings auf dem Waßerspiegel,
aber so blaß und krank, so welk und mitleiderregend,
daß ihr das Herz dabei klopfte. Sie brach eine Gänse=
blume, die neben der Quelle stund, und indem sie ein
Blättchen nach dem andern abzupfte, da sagte sie vor
sich hin: „Soll ich oder soll ich nicht?" Und wie das
letzte „Soll ich" bedeutete, da lenkte sie langsam den
Schritt wieder zum Berge empor. Sie betrat den
Wald, aber jetzt an der steilsten Seite. Da wo der
Wall der alten Burg wohl sechszig und mehr Fuß senk=
recht in die Höhe stieg, da kletterte sie empor, hielt sich
am Gesträuch fest und stund tief athemholend endlich
auf der Höhe zwischen den niedrigen Mauern. „Wo
werd ich ihn finden?" sagte sie dann vor sich hin, „und
wird es auch recht sein, daß ich ihn suche? Aber er ist
ja verlaßen und krank, die Quelle hat mir sein Bild
gezeigt blaß und krank, und sicher hat darum Phylax
gestern Abend so geheult nach dem Berg hinauf, das
bedeutet Wehe und Leid. Aber wo nur die Hütte sein
mag, die er sich erbaut hat, wie er neulich sagte, und
wo er die Sonne kann aufgehen sehen? Sicher steht

sie neben dem Teich, damit er den Trunk nahe hat. Dorthin willst du gehen."

Und leise spähend mit klopfendem Herzen gieng das Mädchen dem Gebüsche zu, das den Teich umgab. Alles war still; das Wazer lag klar und beschattet von den Bäumen vor ihr, nur leise schlüpfte ein kleines Wazerhuhn über die Fläche dahin und verbarg sich unter den überhängenden Sträuchern. Dort drüben am andern Ende, däuchte ihr, war das Gebüsch dunkler und dichter, das konnte die Hütte sein. Sie schlich behutsam um den Teich her und öffnete das Gebüsch. Sie stund vor der Hütte. Sie war kunstreich aus Laubwerk zusammengeflochten, so daß sie gegen Sonne und Regen hinlänglich schützte und der Eingang sah nach Osten, von dem Teich abgewendet. Ein Blick hinein überzeugte sie, daß ihre Ahnung sie nicht betrogen. Da lag der Jüngling, blaß und krank, wie sie ihn in der Quelle gesehen hatte, auf einem Lager von Moos. Sie rief ihn an, aber er gab keine Antwort; sie fragte mit der Stimme des tiefsten Mitleids, ob er Hülfe wünsche, aber sein Mund blieb geschlozen; sie berührte endlich seine Hand, die war kalt. „Ach Gott, er ist todt", rief sie aus und kniete neben ihn nieder, „und ist weit von hier und hat Niemand, der um ihn weint!" Und ihre Thränen rannen selbst auf das blaße, kranke Gesicht. Da schien es ihr, als wenn, geweckt von dem warmen Quell ihrer Augen, ein kleines, mattes Zeichen des Lebens über die blaßen Wangen schwebe, und in fliegender Eile stürzte sie über Gebüsch und Mauertrümmer hinab, dem Vater entgegen, und theilte ihm in abgebrochenen Worten ihre Entdeckung mit. „Vater", sagte sie, „geht hinauf, in der Hütte neben dem Teich liegt der Leberwams und ist krank auf den Tod."

Der Vater hieß sie der Heerde warten und stieg bedächtig den Berg hinauf. Es schien dem ängstlichen Mädchen eine Ewigkeit, bis er endlich erschien. Sie sah ihn vorsichtig an dem Walle herabgleiten, auf sei= ner starken Schulter den Kranken; sie sahe, wie er keuchend unter der Last den nächsten Weg zu dem Häus= chen am Born einschlug und dann bald auf's Neue in den Wald zurückkehrte. Mit der Tasche und dem Reise= stock und dem kurzen Schwert des Fremden sahe sie ihn aus dem Walde zurückkehren; aber neue Hoffnung gewann sie erst, als sie in der andern Hand des Va= ters einen Strauß Kräuter sah; denn der Vater kannte die Heilkräuter alle, die auf dem Berge wuchsen, und wenn er an Heilmittel dachte, so war noch Leben in dem Todtgeglaubten. Und Elsbeth weinte vor Freude und betete aus Herzensgrund für des Fremden Leben.

Und der Jüngling war kein Fremder mehr, seit er die Pflege im Hause des Schäfer=Kaspar empfieng; un= ter der treuen Pflege von Vater und Tochter genas er schnell, und als er zum ersten Male wieder den Berg bestiegen hatte, um nach seiner Hütte zu sehen, da sagte er: „Vater Kaspar, das Laubwerk um meine Hütte her ist gelb geworden, es ist still im Walde und die Vögel ziehen fort, dahin, wo es wärmer ist benn hier. Mich friert auch, wenn ich denke, ich müßte da oben wintern, nehmt mich auf in euer Haus und gebt mir eure Els= beth zum Weibe, ich will euch lieben als ein Sohn und euch dienen als ein Knecht. Ich bin weit von hier und habe nicht Vater und Mutter mehr und des Wan= derns bin ich müde, seit ich euch gefunden und die Els=

beth. Zumal hat mir's der Berg da oben angethan
und ich kann nicht fort von hier, warum, das will ich
euch sagen, wenn die Elsbeth mein ist. Die Kräuter,
die der Boden da oben trägt, haben mich mit Gottes
Hülfe gesund gemacht, und wenn irgendwo auf Erden,
so macht euch noch der Berg da oben mit dem, was
er in sich hat und trägt, glücklich, und Alle die mit,
die mein sind."

„Warum", fragte forschend der Schäfer, „habet
Ihr vielleicht etwas gesehen, seit Ihr da oben hausetet?"

„Was ich gesehen habe, Vater", sagte der Jüng=
ling, „das Alles zu schildern ist mir ganz unmöglich.
Großes hab ich erwartet, denn wenn auch weit her, ist
mir doch der Glauberg nicht fremd, und meine Mutter
hat mir von ihm erzählt, seit ich verstehe was in der
Welt geschehen ist. Hier oben ist viel geschehen, und
auch an meinem Geschlecht, denn meine Familie stammt
von dem Glauberge. Wir heißen: „vom Berge",
und ich, der letzte meines Stammes: Arnold vom
Berge, bin hierher gekommen, um mein Erbe zu
suchen, das da oben liegt. Ich weiß Alles, was hier
oben geschehen ist, denn es ist mir oft erzählt worden,
und auch die Spangen und gülbenen Kleinodien und
die Münzen und der Weiber=Schmuck, die Ringe und
Halsbänder, die da oben vergraben wurden, als die
Burg fiel, die könnt ich euch Stück für Stück aufzählen,
denn sie waren alle auf vergilbtem Pergament verzeichnet,
das in des Vaters eisernem Schrein lag. Der Schrein
ist zerschlagen, die Pergamente sind verbrannt, das
Haus meiner Väter hat der Krieg bis auf den Grund
zerstört, ich habe nichts, als dieses Schwert, das ich
mein nenne. Das habe ich denn getragen in verschie=

bener Herrn Dienst; nun bin ich es müde, ich will lieber Schäfer sein als der letzte Derer vom Berge hier, wo meine Väter einst wohnten, als ein Söldner um Kriegslohn. Find ich den Glaubergsschatz, dann ist mir und euch geholfen; find ich ihn nicht, dann hab ich wenigstens bei Euch ein ehrliches Stück Brod und ein lieb Eheweib gefunden. Gebet mir, Vater, die Elsbeth, es soll euch nicht reuen."

Und der Schäfer-Kaspar gab sein einzig Kind dem Fremden auf Treu und Glauben, und es hat den Schäfer nie gereut. Von da an hieß der Fremde im Orte der „Bergschäfer"; von ihm und seiner Heimat und seiner Hoffnung und seiner Liebe zum Glauberge aber wußte Niemand im Orte. Das Alles blieb Geheimnis seines Hauses. Das Schwert und die Reisetasche sammt dem ledernen Koller ward in die Kiste gelegt und verschloßen; dafür nahm er den Schäferstab in die Hand und trug ein Kleid von Wolle und Linnen, Beiderwolle genannt, wie es die Elsbeth ihm zur Winterzeit gesponnen.

Was brachten diese Wintertage, wo die Heerde nicht ausgeführt werden konnte, und die Winterabende, wo die Elsbeth spann und die Männer Wolle kammten und haspelten, den drei Menschenherzen, die dort im Häuschen am Glaubergsborn wohnten, eine so glückliche Zeit! Da strömte es über aus dem Munde des Arnold von Schilderungen seines früheren bewegten Lebens und von seinen Hoffnungen von der Zukunft! Denn abgeschloßen hatte der junge Mann noch nicht mit der Außenwelt, seine jetzige Stellung kam ihm nur wie eine Zeit der Sammlung vor auf eine spätere glücklichere Laufbahn, und alle seine Entwürfe hiengen

ſonderbarer Weiſe mit dem Glauberg zuſammen. Mit
Wolgefallen hörte Elsbeth auf die Rede ihres Man=
nes, und ſeine lebhaften Schilderungen thaten ihr eine
ganz neue Welt auf, und ſie glaubte, was ihr Arnold
hoffte. Anders dachte freilich der Schäfer=Kaspar;
wol lauſchte er, wenn ſein Eidam von dem Erbe ſeiner
Väter erzählte, das da oben im Berge ruhen ſollte, und
nur auf die Stunde der Erhebung harre; aber er hatte
ſeit ſeiner Kindheit ſo viel vergebliche Hoffnungen, die ſich
alle auf den Berg und ſeine heimlichen Schätze bezo=
gen, erfahren; er hatte ſo Manchen bei Nacht und Ne=
bel mit Laterne und Wünſchelruthe hinaufſchleichen
ſehen, hatte auch ſelbſt in jungen Jahren dem Schatz=
graben da oben beigewohnt und hatte nie gehört, daß
Einer etwas gefunden hätte, was der Aufbewahrung
werth geweſen wäre. Ein Heidenköpfchen *) hatte er
ſelber dann und wann da oben gefunden, oder ein Re=
genbogenſchüſſelchen, eine Pfeilſpitze oder einen Henkel=
topf, aber dabei war es geblieben. „Thu gemach, Ar=
nold“, ſagte er dann wol, „die Hoffnung iſt ein ſchön
Blumengärtlein, aber es fällt über Nacht Schnee hin=
ein. Einer unſeres Stammes hat das auch von dem
Berge da oben erfahren müßen, und nichts davon ge=
tragen als einen lahmen Fuß und ein ungenügſam Herz.“

„Es war aber der Schäfer=Ulrich auch ſo ein jun=
ger Ehemann wie du biſt, Arnold, und ſein Weib hat
auch Elsbeth geheißen und wohnten die Beiden auch

---

*) Heidenköpfchen werden von dem Volke die römiſchen
Münzen, und Regenbogenſchüſſelchen die wahrſchein=
lich celtiſchen Münzen von hohem Alter genannt, die ein ſehr
rohes Gepräge und faſt die Form eines Schüſſelchens haben.

hier am Born und gieng ihnen lang gut. Aber es träumte ihnen von nichts als von dem Glaubergsschatz. Nun geschah's, daß der Ulrich einmal die Heerde auf den Berg trieb, und wie er vor sich hin sahe, so wuchs vor ihm eine Blume, die er noch nie gesehen hatte; weiß wie lauteres Silber waren die Glöcklein der Blume und die saßen reihenweise an dem Stengel und ihr Geruch war weithin fühlbar. Der Schäfer bückte sich an die Erde und betrachtete die Blume, und dann dachte er sie seiner Elsbeth mit heim zu nehmen, und er brach sie ab und steckte sie auf seinen Hut. Da kam es ihm vor, als würde die Blume auf einmal so schwer; und wie er zusahe, so hatte sie sich in einen Schlüssel verwandelt, und wie er wieder zusahe, so war da im Berg eine Thüre, die er nie vorher gesehen hatte und er probte den Schlüssel und die Thüre gieng auf. Anfangs kam ihm die Höhle ganz dunkel vor, aber allmählich schimmerte ihm aus der Ferne ein Licht entgegen. Er faßte sich ein Herz und schritt auf das Licht zu. Da that sich vor seinen erstaunten Blicken eine weite Halle auf, und in derselben lagen Haufen von glänzendem Golde, und er griff begierig zu und füllte die Taschen seines Schäferrocks und den Hut und eilte dem Ausgang zu. Da rief ihm eine Stimme zu: „„Ulrich, vergieß das Beste nicht!"" — Da meinte der Schäfer, der gute Geist, der die Schätze hütete, wolle ihn ermuntern, einen tieferen Griff zu thun und er kehrte noch einmal um und nahm auch die Hände noch voll, denn in die Taschen gieng gar nichts mehr. Da rief dieselbe Stimme: „„Ulrich, vergiß das Beste nicht!"" Jetzt ergriff den Schäfer ein jäher Schreck, er rannte wie besessen durch den dunkeln Gang dem hellen Tag

entgegen, der durch die Thüre schien, und wie er den
Fuß auf die Schwelle setzt, so schlägt die Thüre hinter
ihm zu, daß der Berg dröhnt und trifft ihm die Ferse,
daß er lahm ist auf sein Lebtage. Anfangs achtete er
des lahmen Fußes nichts; er hatte ja mit seiner Els=
beth genug zu leben; aber das Geld verderbt Beiden
das Herz und schrie nach mehr und gieng endlich aus,
denn auch der Teich auf dem Berge droben ist auszu=
schöpfen, ob er gleich wie ein Trichter sein soll, der
tief in des Berges Eingeweide hinabgeht. Und nun
hinkte der Ulrich und sein Weib Tag und Nacht um
den Berg hin und suchten die Blume oder den Ein=
gang zum Berge, und erfuhren nun erst zu ihrem Kum=
mer, daß der Ulrich das Beste, „den Schlüssel", ver=
gessen hatte. Item, ich meine, beßer ein gesunder
Schäfer, als ein lahmer Hungerleider."

„So mein ich's auch, Vater", sagte der Arnold,
„und ich will auch weder von bösen noch von guten
Geistern eine Thüre in den Berg aufgethan haben, son=
dern ich will, daß mein Gott, der mich bis dahin ge=
treulich geführt und mich die Heimat meiner Vor=
fahren und in ihr ein lieb Eheweib hat finden laßen,
mir die Stelle zeige, wo meine Habe liegt. Bis ich
sie gefunden habe, da genügt mir ja das Brod, das
mir über der Erde wächst, und mein Gott hat es mir
gereicht aus meiner Elsbeth Hand, und die ist auch so
eine Blume mit Silberglöcklein und ich begehre gar
nicht, daß sie zum Schlüssel wird, der mir goldene
Schätze aufthut. Denn wer weiß, ob nicht solche Gold=
haufen, in denen man wühlen darf, nur ein Blendwerk
des Bösen sind, der gerne solche Haufen eiteln Geldes
gibt für eine Menschenseele, die dem HErrn gehört."

„Denn hört nur, was ich neulich vernommen von des höllischen Feindes List. Der Schäfer von Stock=heim hat es mir erzählt, als ich mit ihm hütete an der Grenze, er drüben, ich hüben. Der hat erzählt, es sei so gar lange nicht her, da sei zum Tanz in Stockheim jedes Jahr ein Fremder erschienen, von gar sonderba=rer alter Tracht, aber seinen Manieren. Der habe sich unter die Tänzer gemischt und den Mägdlein schön gethan; aber da er sittig und von angenehmen Manie=ren gewesen, so hätte das Frauenvolk sein Wohlgefallen an ihm gehabt; aber mit dem Kehraus sei er jedesmal verschwunden. Den Mägdlein aber wäre das ganze Jahr hindurch so ein Bangen nach ihm gewesen, und wenn wieder die Geigen gestimmt wurden, so hätten sie nach ihm ausgeschaut, und richtig, er wäre wieder gekommen, und das so fort viele, viele Jahre. Nun sei unter den Burschen zu Stockheim einer gewesen, den habe der Beifall des Fremden geärgert, und als er beim Kehraus wieder davon gewollt, es war just um Mitternacht, da habe er zu ihm gesagt: Gefällt's dem Herrn, so thu ich ihn begleiten, ich möchte gern sehen, wo er zu Hause ist. Der Fremde hat darob freund=lich gelächelt und ihn mitgehen heißen. Und sie sind unter allerlei kurzweiligen Gesprächen auf den Glau=berg gestiegen, und wie sie oben sind, so stampft der Fremde dreimal mit dem Fuße auf den Boden; der thut sich auf, und der Bursche sieht zu seinem Entsetzen in einen tiefen Brunnen, aus dem die Flammen empor schlagen. Da ist ihm ein Grauen angekommen und er hat davon gewollt, aber der Fremde hat ihn gefaßt an der Hand und hinabzuziehen gesucht. Der Bursche aber muß listig gewesen sein; er faßt statt der Hand den

Handschuh des Fremden, der gleitet jählings hinab und läßt seinen Handschuh in des Burschen Hand. Seitdem ist der Tanzgast nicht mehr nach Stockheim gekommen, und den Handschuh haben sie unter einen Holunderstrauch vergraben, da wächst bis heute noch kein Gras."

2.

Unter Arbeiten und Beten und unter Hoffnung auf eine noch beßere Zukunft giengen den stillen Menschen dort in der Hütte am Berge die Jahre dahin, eine ganze Reihe von Jahren. Mochten drüben am Rhein die Franzosen das Land verwüsten und die Leute ängsti= gen, bis hierher brang das Kriegsgeschrei nicht, und nur die schauerlichen Kriegsgerüchte, die bann und wann in das Häuschen kamen, entsetzten die Elsbeth, ließen den Schäfer=Kaspar die Hände zum Gebet falten, und trieben dem Arnold das Blut in die Wangen. Er sprach in solchen Stunden wenig, aber der Geist seiner Jugendjahre kam bann über ihn; er ballte die Fäuste und murmelte vor sich hin: „O könnt ich, wie ich möchte, ich wollte euch Räubern das Handwerk legen! Habt ohnedieß bei mir noch Manches im Salz von Alters her!" Waren es diese trüben Botschaften an des Reiches Grenze, oder war es, daß Arnold über die Jünglingsjahre hinüber war, er ward ernst und ernster, und während der Alte meist daheim bleiben mußte, weil ihn die Jahre anfiengen zu drücken, trieb Arnold allein die Heerde aus; und bann stund er und sahe in den Wald hinein, sinnend und seufzend, als wolle er stündlich die Blume mit den weißen Glocken erspähen oder einen guten Geist erwarten, der ihm die Stelle sage, wo sein Erbtheil ruhe. Von da schweifte sein Blick hinüber über die Berge nach jenen Höhen, an denen der Rhein vorüber fluthet, und er seufzte wieder. Aus dem frohen Jüngling, dem die Welt zu weit war, darum suchte er die Stille des Glaubergs, war ein sinnender Mann geworden, der von Tag zu Tag mehr bei sich überlegte, ob er nicht vielleicht zu viel gehofft und seinem guten Stern zu fest vertraut habe.

Aber es gab noch ein Band, das ihn an sein Haus und an die neue Heimat knüpfte, das war sein Sohn Leupold, der einzige, den ihm Elsbeth geboren. Es war der Leupold sein Abbild an Leib und Seele, nur Alles in kleinerem Maßstabe. Aber dieselbe Raschheit, mit der der Vater als Jüngling aufgetreten war, mit der er geliebet und gehofft hatte, erfüllte auch den Knaben. Auch ihm war der Glauberg die liebste Stelle auf Erden, und Tage lang konnte er auf ihm umher schweifen, und wenn der Vater von dem Berge und seiner Geschichte erzählte, dann vergaß der Knabe Speise und Trank. Nicht der Waldschatten und die herrliche Aussicht, nicht die Blumen und die Trümmer genügten ihm, er wünschte sich ein Bergmann zu sein, um mit Haue und Grubenlicht in die Tiefe fahren zu können. Denn da unten mußten Wunderdinge liegen, so deute=ten es alle Sagen, die er begierig erlernte. Mehr als einmal fand ihn sein Vater mit einer kleinen Schaufel den Boden umwühlen nach erträumten Schätzen. „Siehe, Vater", rief er einst glühend von Anstrengung und Eifer, „siehe, was ich gefunden! Wo dieses gelegen, muß mehr liegen!" Und er reichte seinem Vater einen Hammer von Stein.

Arnold besah lächelnd das schöne Alterthum von blauem, glattem Stein mit der künstlichen Öffnung in der Mitte, und sagte ruhig: „Der Steinhammer ist ein Donnerkeil; *) aber wo der sich findet, da liegt nicht Gold noch Silber, höchstens eine Spange von Kupfer oder eine Nadel, das Thierfell zusammen zu heften, das der Alte, der den Steinhammer führte, trug."

„Und wann war das, Vater?" fragte schnell Leupold.

„Vielleicht lange vorher", sagte Arnold, „ehe unser Heiland geboren wurde."

„Und da lebten hier schon Menschen und verloren ihre Steinhämmer hier oben auf dem Glauberg?"

„So scheint es, Leupold; denn wenn du am Rand des Berges hingehest, so siehst du rings herum einen kleinen Damm von Steinen und Erde; der ist wol der erste Anbau des Berges gewesen, in einer Zeit, da man noch nicht Schlößer baute mit Wall und Graben. Zur Vertheidigung diente auch wol der Wall nur im Nothfall; er umschloß vielmehr der alten Deutschen Heiligthümer. Sie hatten nicht Bilder von Stein, sondern ihre Götter wohnten nach ihrem Glauben un=

---

*) Donnerkeile werden die Steinwaffen von dem Volke genannt, weil man meint, mit jedem einschlagenden Blitze fahre ein solcher herab, und die schon herabgefallenen sänken bei den Donnerschlägen noch tiefer hinab. Der Aberglaube hält sie sehr hoch und gebraucht sie zum Bestreichen des kranken Vie= hes, namentlich wenn die Kühe keine Milch geben wollen.

fichtbar neben ihnen und kämen, fo meinten fie, auf ihr
Gebet und ihre Opfer herab in die heiligen Haine.
Und ein folcher Hain war d·r Glauberg. Hier ftund
ein Altar, hier opferten die Priefter, und der Hammer,
den du gefunden, hat vielleicht einft dazu gedient, dem
Opferthiere den Todesfchlag zu geben. Dann ward
es mit fteinernen Meßern, dergleichen man noch viel
bei uns findet, zerlegt, und verbrannt. Hierher kamen
auch die Männer des Volkes zur Berathung, denn hier
bewahrte man die Feldzeichen auf, deren jeder Stamm
fein eigenes hatte. Später bekam diefe Höhe aber eine
andere Beftimmung."

„Und welche war diefe, Vater?" fragte Leupold.
„Kamen hinter ihnen her die Ritter, die von Büches
und Stockheim und andere, die hier oben hauften?"

„Noch lange nicht, Leupold", fagte der Vater.
„Aus Welfchland herüber kamen um die Zeit der Geburt unfers HErrn die Römer in's deutfche Land.
Denn es lüftete fie nach Ruhm und Ehre, wie es jetzt
den Franzofen lüftet, fagen zu können, er habe das
deutfche Reich im Zaum. Der Franzofe findet wenig=
ftens Häufer, die er plündern, und Felder, die er ver=
wüften kann; aber im Land der Chatten, darin unfer
Glauberg lag, war nicht Gold noch Silber zu holen,
und die Felder lagen weit zerftreut im Walde neben
den Hütten von Baumrinde und gebrannter Erde; und
in den Hütten war nur das rohe Geräthe, das die
Frauen brauchten zum Brodbacken, und die Männer
zur Jagd auf Auerochfen und Bären, und zum Krieg,
den die Deutfchen abfonderlich liebten. Denn unfer
Volk war tapfer allezeit, aber gegen welfche Ränke
hat es von jeher nichts ausgerichtet."

„Um die Grenzen zu sichern, so sagten sie, denn bis an den Rhein hatten sie schon das Land erobert, drangen sie auch ein in's Chattenland und legten Lager an und warfen Schanzen auf und bauten Thürme zum Schutz und drangen in die Thäler ein, immer den Bächen nachgehend, um auch die Höhen des Vogels= berges zu gewinnen. Da war ihnen der Glauberg ge= waltig im Wege; denn wenn sie von Altenstadt aus, wo sie am Haingraben ein festes Lager hatten, in die Berge hinauf wollten, so fielen die Deutschen vom Glauberg herab über sie her und schnitten ihnen das Nidder= und Seementhal ab. Da muß es gewaltige Kämpfe gegeben haben, denn die Hügel, die man hier rings umher in den Wäldern findet, die sind Grab= hügel unserer Väter. Da hat man sie hineingelegt mit ihren Waffen und dem rohen Schmuck von Kupfer, und Töpfe an ihre Seite gestellt mit Speise zur Weg= zehrung, nach der Heiden Glaube, und ihre Rosse den Göttern geschlachtet und die auch neben sie gelegt, und dann die Todtenklage gehalten mit Kampfspiel und Schlachtgesang."

„Vater", rief Leupold, „laßt uns einmal einen solchen Hügel aufthun, ich möchte die Waffen finden!"

„Laß sie ruhen, die alten Deutschen, und störe ihre Gräber nicht. Es ist nicht viel mehr in ihnen von der Todten Waffen und Schmuck. Und zudem geht die Sage: zur Stunde, wo ein solches Grab aufgethan wird, da geht die wilde Jagd im Walde los. Bärtige Männer erscheinen, in Felle gehüllt, die wilden, großen Hunde an der Kette, und das heult und brüllt und tobt durch den Wald, daß es zum Entsetzen ist."

„Vater", sagte Leupold, „ich fürcht mich nicht, am

wenigsten vor den Geistern der alten Deutschen. Mut=
ter hat mich ein Sprüchlein gelehrt, mit dem schlag ich
alle Geister, die schwarz sind, in die Flucht, das heißt:
„„Alle guten Geister loben den HErrn!““ Hier aber
habe ich schon Stunden lang gesessen bei dunkler Nacht,
und säße noch länger, wenn ihr es littet. Ich möchte
auch die Runde sehen, wie sie im Orte genannt wird.
Manchmal, so sagen die Leute, steigen Krieger aus dem
Berge und lagern sich hier oben auf das Moos. In der
Runde sitzen sie und sind gar sonderbar angethan. Auf
dem Kopf tragen sie eine Eisenkappe, und oben darauf
das Bild eines Löwen oder eines Greifen; über die
Schulter herab hängt ihnen ein rother Mantel und
darunter schimmert die blanke Waffenrüstung, der Brust=
schild von eitel Gold. Dann hängt ihnen herab bis
über die Hüften ein Hembe von buntem Zeug mit gol=
denem Saum und die Knie sind mit Eisenschienen ge=
schützt. Statt der Schuhe haben sie Ledersohlen unter=
gebunden, und ein breites schweres Schwert hängt
ihnen an der Seite. Also steigen sie heraus aus der
Erde und lagern sich in die Runde, und der Becher
kreißt und sie reden von der vergangenen Zeit; so glaubt
man nämlich, denn kein Mensch versteht ihre Sprache.
Und ist ihre Zeit vorbei und sie müßen wieder hinab,
dann erhebt sich zuerst der Fahnenträger; der hat über
dem Fähnlein auf seiner Stange einen Vogel mit aus=
gebreiteten Flügeln, und mit der Fahne stößt er drei=
mal auf den Boden; dann schlägt aus der Erde, just
da, wo die Fahne aufgestoßen wird, ein blaues Flämm=
lein auf, und wer dann das Herz hat, den Fuß darauf
zu setzen, der findet an der Stelle eitel Gold. Glaubt
mir, Vater, der heidnische Fahnenträger hätte noch nicht

drei gezählt, so wäre mein Fuß schon auf dem blauen
Flämmlein, und dann wäre das Gold mein. Aber sagt
mir, Vater, welchem Volke mögen die Männer aus der
Runde wol angehört haben; sind das die Ritter, von
denen Ihr manchmal erzählt?"

„So scheint's nicht", sagte lächelnd Arnold, den
der Muth und die Begeisterung des Knaben erfreute,
„das sind römische Krieger, die hier oben im Kampf
ein Ende gefunden haben. Denn nicht lange nach un-
seres HErrn Geburt, da schickte der Kaiser von Rom
einen seiner Familie als Feldherrn an den Rhein, der
hieß Claudius Drusus. Der zerstörte die Hauptstadt
der Chatten und unterwarf dann in mancher blutigen
Schlacht das zerstreute Volk. Auch hierher kam er
und eroberte nach tapferer Gegenwehr den Glauberg
und baute eine Burg hier oben und hieß sie Claudiusburg, daher des Berges Name.

Aber des Bleibens der Römer war hier nicht lange;
nur mit Widerstreben und Ingrimm sahen die Deutschen das welsche Kriegsvolk hier oben hausen, und die
Zinnen der Glauburg dünkten ihnen wie die Mauern
ihres Gefängnisses. Sie überrumpelten bei Nacht die
Römer und schlugen sie mit der Schärfe des Schwer-
tes und keiner blieb übrig aus der Besatzung. Wie
mögen sich die dort unten im Lager bei Altenstadt ge-
wundert haben, als hier oben plötzlich die Flamme aus-
brach und am Morgen schon von den stolzen Zinnen
der Claudiusburg nichts mehr zu sehen war! Diese
Römerfeste scheint hier gelegen zu haben, wo wir stehen;
man heißt's an der „Enzheimer Pforte"; denn hier
deckt der Boden Kohlen in Menge und verbranntes

Waffengeräthe. Auch ein Heidenköpfchen kommt manch=
mal zum Vorschein."

„Aber siehe, Leupold, während wir die Zeit ver=
plaudern, thut auch Phylax seine Schuldigkeit nicht, er
gräbt im Boden nach Mäusen und dort gehen die
Schafe zu Schaden. Eile dort hin und treib sie vom
Ackerfeld!" Leupold sprang mit dem Hunde schnell den
Hügel hinab; aber im Laufe drehte er sich noch einmal
um und sagte: „Vater, muß ich brunten bleiben bei
den Schafen oder darf ich wieder zu euch kommen?
Und wollt ihr mir noch mehr erzählen von der alten
Zeit?" — Arnold nickte bejahend und sahe mit innigem
Gefallen, wie rüstig und flüchtig der Knabe über die
Steine sprang. Wie dem Goldner im Märchen wallte
sein blondes, langes Haar um sein Haupt, und sein
Angesicht strahlte von Feuer und Leben. Der Vater
sahe ihm nach und seufzte: „Und der soll hier auf dem
Berge wohnen, wie sein Vater, und ein Schäfer werden,
und seine Jugendkraft verzehren im Müßiggang? Ach,
was ist die Armuth doch ein schweres Loß für den,
der sie fühlt wie ich, und seine brennende Sehnsucht
nach der Welt und ihrer Herrlichkeit nicht darf laut
werden laßen! Gebe Gott dem Knaben ein beßeres
Ziel und mir ein ruhiger Herz! Da drüben, wo meine
Heimat ist, da wohnen sie in stolzen Schlößern, und
ich hüte hier die Schafe als der Letzte Derer vom Berge.
Was wol die Alten sagen möchten, die hier oben
kämpften und nun da unten in den Dörfern ruhen,
die ihre Namen führen, wenn sie einen ihres Stammes
hier auf der Burg sähen, die Schafe hüten? Sicher
kehrten sie sich ab und verleugneten den Knecht! Aber
kann aus dem Knecht denn nicht wieder ein Herr wer=

ben? Aus Knechten sind durch Gottes und des Kaisers
Gnade Ritter geworden, ja aus armen Köhlern sogar
Grafen von Ysenburg, weil sie für den Kaiser Leib
und Leben wagten; wolan, Arnold, ermanne dich und
hoffe, wenn nicht dich selber, so siehst du vielleicht noch
deinen Leupold hoch zu Roß!"

Und Elsbeth? Dachte der Letzte vom Berge nicht
an sein treues Weib, verstund er ihre Thränen nicht,
wenn er die Sehnsucht nach der Ferne erst leise und
verblümt, und dann lauter und verlangender aussprach?
Wol liebte er die treue Lebensgefährtin, und wol
reute ihn oft seine Unzufriedenheit, und wol nahm er
sich vor, den ungestümen Drang zu zügeln und seinen
Leupold zur Stille und Genügsamkeit zu erziehen; aber
dann tobte wieder das ungestüme Blut seiner Ahnen
in ihm und der Stolz überflügelte die besten Vorsätze.
Er war wie ein Adler, dem der Jäger die Flügel gelähmt hat, und der aus der Hand seines Herrn die
Speise nehmen muß, während er sie draußen in der
freien, weiten Welt suchen möchte. Alle Kunst wird
den Jäger nichts helfen, wenn die gelähmten Schwingen des Adlers wieder Kraft gewonnen haben!

„So, Vater", rief Leupold, „nun bin ich wieder
da! Phylax mag das Saatfeld hüten, seht, er sitzt da
unten am Wachholderbusch und fängt sich Mücken. Ein
guter Hund, der Phylax, und sehr verständig, wir beide
sehen einander Alles an den Augen ab. Und an euren
Augen, lieber Vater, sehe ich, daß ihr mir erzählen
wollt. Sagt mir, wer kam nach den Römern und
ward Herr der Burg?"

„Natürlich die Deutschen; aber der Römer Feste
war gebrochen und die Deutschen bauten sie nicht wieder

auf, ihnen gruſelte vor Mauern und Schlößern. Aber
was dann in Jahrhunderten hier oben geſchehen, das
erzählt keine Geſchichte; denn war es auch aufgeſchrie=
ben, vielleicht drüben im Kloſter Robenbach, ſo iſt davon
doch keine Zeile mehr übrig. Es brauſte die Völker=
wanderung über die deutſchen Länder hin wie ein Wol=
kenbruch, der die Gießbäche in Ströme verwandelt;
wilde Hunnen und raubgierige Alanen tränkten ihre
Pferde in unſern Bächen, brannten die Hütten nieder
und trieben die Völker, die ſich nicht mit ihnen ver=
einigten, vor ſich her, wie der Wolf die Heerbe. Aus
dieſer Zeit klingt nicht einmal eine Sage zu uns herüber.“

„Aber allmählich ward es lichter in den deutſchen
Wäldern; auch in dem Reichsforſt erklang die Art,
man rodete Land und baute Höfe, und an die Quellen
und Bäche Dörfer, und trieb ſtatt der Jagd den Acker=
bau, denn das Evangelium hatte ſeinen milden Strahl
in die Wälder geſendet und Leben gebracht. Und meiſtens
geſchah die Anſiedlung im Schutze eines freien Mannes,
der ſich ein Haus oder Schloß baute auf einer der
Höhen, und des Kaiſers Lehensmann ward. Und etliche
dieſer freien Männer, Ritter nannten ſie ſich, die in
dieſer Gegend begütert waren, die ſchloſſen einen Bund
mit einander zu Schutz und Trutz wider die Raub=
ritter, die ihre Dörfer und Felder bedrohten und die
Wege durch ihr Gebiet unſicher machten. Und ſie zu=
ſammen bauten mit des Kaiſers Genehmigung hier die
Claudiusburg wieder auf und nannten ſie Glauburg.
Sie war ein ſtattliches Schloß mit hohen Thürmen,
und von den Zinnen ſahe man bis weit über Frankfurt
hinaus, und wer ein gut Aug hatte, der konnte Denen
zu Königſtein und Cronberg die Burgfenſter zählen.“

„Nun geschah es, daß der Ritter Arnold von Glau=
burg, der den Sitz in der Burg hatte, Hochzeit hielt
mit einem Fräulein, Agnes Spiegel, und hatte seine
Genoßen alle geladen zum Hochzeitstanz, und es gieng
hoch her hier oben und die Lichter glänzten bis zum
Morgenschein und die Trompeten schallten weit hinaus
zum fröhlichen Hochzeitsreihen. Da erschien im Tanz=
saal ein schwarzer Ritter mit geschloßenem Visir und
warf einen eisernen Handschuh vor die Füße des Bräu=
tigams und kündigte ihm Fehde an von Hartmann Gra=
fen von Büdingen. Der hatte auch gefreit um die
schöne Agnes, und sie hatte ihn verschmäht, daher des
Grafen Zorn."

„Die Drohung war keine leere; der Graf warb
ein großes Heer, und das rückte heran und zerstörte die
Schlößer Derer von Büches, Bleichenbach, Stockheim
und Bergheim, die mit dem Glauberger im Bunde
waren, und trieb sie alle mit Weib und Kind und ihrer
besten Habe hier auf den Glauberg. Die Burg war
groß und hatte für Alle Raum; auch war sie für Jahre
mit Lebensmitteln versehen, und Waßer gab der Teich
mit dem Brunnen. Nur das war der größte Schmerz
der Ritter, sie mußten sehen, wie ihre Dörfer im Feuer
aufgiengen, wie ihre Felder von den Rossen der Be=
lagerer zerstampft wurden, und wie ihre Bauern aus=
getrieben und die Zurückbleibenden geschunden und ge=
quält wurden. Aber an Übergabe mochte man den=
noch nicht denken. Das erste Jahr der Belagerung
hielt man wacker aus, denn man hoffte, der Graf sollte
es müde werden und lieber daheim sich pflegen, als
hier in Wind und Wetter die Feste zu berennen. Aber
man täuschte sich. Noch ein zweites Jahr gieng vorüber,

und der trotzige Graf wich nicht von dem Schloße. Er hatte geschworen, nicht zu weichen, ehe er die Ritter da drinnen in dem Neste zu seinen Knechten gemacht und die Thränen ihrer Weiber und Kinder gesehen. So begann denn ein drittes schweres Jahr der Belagerung. Kein Bißen Brodes kam von draußen in die Burg, denn sie hielten strenge Wacht, und der Hunger brach darob mit fürchterlicher Gewalt ein. Alles Eßbare war bereits verzehrt, selbst Ratten und Mäuse und die Eulen, die die Zinnen bewohnten, waren willkommene Speise. Aber ungebrochen blieb dennoch der Muth der Belagerten, und sie sagten sich zu: eher zu sterben, als sich dem grausamen Grafen zu übergeben."

„Darob verzweifelte der Graf Hartmann und saß düster brütend in seinem Zelte, und machte Pläne und verwarf sie wieder, denn die Feste schien mit Ketten an den Himmel gebunden. Da nahte sich ihm ein Mönchlein in brauner Kutte und kahlem Scheitel und sagte: ‚Herr Graf, ihr habt schwere Gedanken, daß euch die Burg da oben so lange foppt und narrt; aber ihr bedenkt nicht, daß eure Sünden es sind, die euch so vergebliche Mühe machen. Ihr seid hart und trotzig und meint, Alles mit eurem Schwert zu zwingen, und die Gebete der Kirche verschmäht ihr, ja ihr spottet ihrer. Thut erst Buße und gelobet ein gutes Werk, wenn euch die Einnahme der Burg gelingt, und ihr habt sie bald in euren Händen.'

„Anfangs tobte der Graf auch gegen den Mönch, dann aber schlug er in sich und that das Gelübde: Er wolle von den Steinen der Glauburg ein Kloster bauen, wenn ihm der Mönch das verwünschte Nest in seine Hand gebe. Und dazu mußte der Mönch Rath. In einer

dunkeln Nacht sahen die Belagerten plötzlich Tausende
von Lichtern auf die Burg zukommen; sie kamen alle
aus dem Thal auf die Stockheimer Pforte zu, wo die
Burg am festesten war. Wer die Waffen führen konnte,
der stürzte darum nach dieser Seite, und war des An=
griffs gewärtig. Aber wie erschracken sie, als plötzlich in
ihrem Rücken die Belagerer erschienen. An der Enzheimer
Pforte hatten sie die Mauern erstiegen, das Thor eingeschla=
gen und herein stürmten wuthentbrannt Graf Hartmann
mit den Rittern und Knechten, die ihm dienten. Doch die
Belagerten gaben damit die Feste nicht auf; sie zogen
sich in das Innere der Burg zurück und der Kampf
begann von Neuem. Endlich, da auch dieser Theil des
Schloßes sich nicht mehr halten ließ, fiengen sie an, mit
dem Feinde zu capituliren und baten um freien Abzug.
Aber Graf Hartmann schlug ihnen ihre Bitte rund ab;
sterben sollten die Männer, und die Frauen und Kinder
in Gefangenschaft fallen. Nur schwer ließ er sich end=
lich von dem Mönche bestimmen, den Frauen und Kin=
dern Abzug zu verstatten mit ihren Schätzen und Klein=
odien, wie es im Vertrag ausdrücklich heißt, die Män=
ner aber sollten gefangeu bleiben. Wie aber das Thor
aufgieng, da kamen die Frauen heraus und hatten ihre
Männer auf den Schultern und führten ihre Kinder
an der Hand. Man sagt, die Männer seien nicht
schwer gewesen, denn das lange Fasten habe sie grau=
sam abgemagert.“

„Dem Grafen Hartmann gefiel diese Deutung des
Vertrags sehr übel, und ohne des Mönches Zurede
hätte er ihn gebrochen. Damals hielt der Kaiser gerade
zu Frankfurt Hof. Zu ihm sandten die Ritter vom
Glauberg und legten ihm die Streitsache vor, und der

Kaiſer entſchied, daß Graf Hartmann den Vertrag
halten müße, „denn der Weiber Schätze ſeien die Män=
ner, und der Mütter Kleinodien ſeien die Kinder."
So ließ denn Graf Hartmann die gefangenen Ritter
ziehen. Der von Glauberg zog an des Kaiſers Hof
nach Frankfurt, die aber von Büches, Stockheim und
Bleichenbach bauten das Schloß zu Lindheim mitten
in's Waßer hinein, ich meine, es wäre geſchehen, da=
mit Graf Hartmann ſchwimmen müßte, wie er früher
das Klettern gelernt, wenn es ihn wieder gelüſten ſollte,
ſie anzugreifen. Die vom Berge aber, die zogen hinaus in's
Reich und wurden Kriegsleute. Aber was ſie an Gold
und Silber beſeßen hatten, die Rittersleute ſämmtlich,
das war und blieb verloren. Sie hatten es vergraben
in einem kleinen eiſernen Schrein, und es kam Einer
nach dem Andern, und es kamen ihre Kinder und Kin=
deskinder, aber ſie konnten die Stelle nicht mehr finden,
und die ſie um Rath fragten, die gaben ihnen zur
Antwort, ſo ein Schatz ſinke jedesmal, wenn es in der
Neujahrsnacht Zwölfe ſchlage, um einen Schuh tiefer
hinab. Dann müßte er freilich ſchon tief unten liegen,
denn es iſt ſeitdem manches Jahr vorübergegangen. Aber
das glaub ich nicht."

„Ich auch nicht, Vater", ſagte mit glühendem An=
geſicht und ſtrahlenden Augen Leupold. „Und wenn ihr
müde werdet zu ſuchen, ſo ſuche ich und fahre fort mit
Suchen, und wenn ich alt darüber werden ſollte. Und
nicht wahr, Vater, wenn wir den Schatz finden, ſo iſt
er unſer, denn unſer Geſchlecht iſt ja noch allein übrig
von allen Glaubergsrittern?"

„Ja", ſeufzte Arnold, „wir ſind allein noch da und

die Letzten des Stammes hüten die Schafe an der Burg
ihrer Ahnen!"

Aber der Knabe verstund die Klage seines Vaters
nicht, hastig fragte er weiter: „und die List, Vater, die
das Mönchlein dem Grafen Hartmann empfahl, welcher
Art war die? Woher kamen die vielen Lichter, die den
Burgberg hinauf sich bewegten?"

„Das waren", sagte Arnold, „Krebse, die hatte
der Mönch aus den Bächen drunten im Thal fangen
laßen, und·jedem ein brennendes Wachslichtchen auf
den Rücken geklebt; und die Krebse krochen nun ihrer
Natur nach langsam hin und her. Das muß ein son=
derbar Schauspiel gewesen sein, recht als wenn die
Irrlichter tanzen im Moor und Sumpf. Weil nun die
List so gut gelungen war, so hat Graf Hartmann sein
Versprechen gehalten und hat aus den Trümmern der
stolzen Burg das Konradskloster gebaut, das da drüben
am Waldsaum liegt, und hat es mit Nonnen besetzt.
Darum sind so wenig Spuren vom Mauerwerk der
Burg noch übrig, und darum konnten auch die Glau=
bergsritter den vergrabenen Schatz nicht finden. Seit=
dem ist's nun stille hier oben; Kriegsgeschrei und Waf=
fengetöse ist verhallt, und nur manchmal bringt durch
die Nacht ein lauter, heller Ruf von hier oben, und
dann sagt man: „Der Berg ruft." Wem er wol
rufen mag? Ich möcht es wißen; Vielleicht denen,
deren Habe er noch birgt!"

„Das glaub ich auch, Vater, und ich habe den
Ruf schon oft gehört und mir auch also gedeutet. Denn
wenn die Stimme erschallte, dann habe ich stets geant=
wortet: „ hier bin ich!" —

3.

„Wenn ihr stille bliebet, so würde euch geholfen; durch Stillesein und Hoffen würdet ihr stark sein; aber ihr wollt nicht." Dieses Wort mit seinem Vorwurf zum Schluß ist von dem Propheten nicht allein für das verzagte und abtrünnige Volk Israel gesagt, das gilt allem Volk und aller Zeit; das gilt auch dem Schäfer= haus am Glaubergsborn; aber die da drinnen wohnten, die vergaßen es. Denn es waren wieder Jahre hin= gegangen, die waren gute gewesen; es war Friede ge= blieben draußen in der Welt, und den hielt man auch drinnen im Hause; es hatte der Acker sein Gewächs getragen, und dann ist Brod im Hause auch zur Win= terzeit; es waren unter Gottes Schutz die Bewohner des Schäferhauses alle gesund geblieben, und dafür sollte man täglich Gott danken, als für eine große Gabe. Nun ja, an Gott dachte man auch in dem Schäferhause, man meinte ihm auch zu danken für seine Gaben, und doch fehlte die rechte Stille, das rechte Hoffen und Harren: „meine Seele ist stille zu Gott, der mir hilft." Die Stille aber, die im Schäferhäus= chen herrschte, die war eine unheimliche, sie glich jener Stille in der Natur, wenn ein Gewitter im Anzug ist, wenn die Vögel schweigen und sich bergen, wenn die Blätter der Bäume sich senken, wenn die Blumen ihre Kelche schließen.

Der alte Schäfer=Kaspar war stille geworden, fast kindisch stille. Sein erloschenes Auge, sein gebeugter Nacken und sein schneeweißes Haar deuteten auf die nahe Stille des Grabes, und als wieder ein Herbst

nahte, da schlief er ein. Nun ward auch Elsbeth
stiller noch wie bisher; ihr Auge hieng noch ängstlicher
an dem ernsten Gesicht ihres Mannes, und an den
brütenden Augen ihres Leupold. Ihr Zureden, ihr
freundlich mildes Mahnen hatte schon lange nicht mehr
gefruchtet. Ihr Arnold litt am Heimweh im eigenen
Hause und der Vater steckte den Knaben mit derselben
Krankheit an, und es verstrichen Tage, wo es auf den
Herzen lag wie ein Alp, und kein Mund sich öffnete
zu freundlicher Rede und Ermunterung. Der Letzte
vom Berge hätte bei den Waffen bleiben sollen, dahin
ihn Blut und Neigung zog, im stillen Schäferhause
war seine Heimat nicht, da war und blieb er ein
Fremdling.

Dazu kam böse Zeit. Die Ernte war knapp aus=
gefallen, Regengüße hatten sie verdorben und die Weide
mit, und die Schafe waren krank geworden, und star=
ben dem Schäfer auf der Weide, gleichsam unter Hän=
den, und zuletzt war kein Schaf mehr übrig und der
Schäfer stund allein. Sein Phylax heulte vor Lange=
weile in seinem Stalle uud konnte es nicht begreifen,
warum er nicht wie sonst zum Tagesgeschäft abgerufen
wurde, und ließ man den Hund frei, so umkreißte er
den Berg nach allen Seiten, gleich als suche er die ver=
lorene Heerde. Aber die Heerde blieb verloren; Nie=
mand mochte in der Zeit des Viehsterbens sich Schafe
anschaffen und der Schäfer stund broblos da.

Aber auch für die im Orte, die den Verlust ver=
schmerzen konnten und ihr mäßiges Auskommen hatten
für den Winter, war dennoch böse Zeit. Kein Haus=
wirth setzt sich ruhig an seinen Tisch, wenn das Haus
des Nachbars brennt, und weiß er sich auch geschützt

durch noch so dicke Brandmauern, er fürchtet die flie=
henden Funken und die Nähe des gefährlichen Elements.
So liegt auch der Glauberg dem Rhein und der Rhein=
pfalz so nahe nicht, wo damals das Kriegsfeuer loberte;
aber die Flamme da drüben war zu furchtbar und
wurde von solchen Mordbrennern geschürt, daß den
Leuten bange ward, sie möchten auch in die fernen
Thäler kommen, wenn in der Nähe nichts mehr zu
sengen und zu brennen wäre. Der Schrecken, der vor
dem furchtbaren Feinde hergieng, der drang schnell bis
in's Nibberthal, er pflanzte sich fort wie der Schall
der Sturmglocken, wenn gleichsam eine die andere weckt,
und es tönt und ruft dann auf weit und breit, bis in
die Thäler hinein, die sonst nur die Abend= und Mor=
genglocke hören. Und hinter dem Kriegsschall drein kamen
die Abgebrannten und Vertriebenen. Es war ein er=
bärmlicher Anblick, die Flüchtigen kommen und gehen
zu sehen. Was sie auf dem Rücken trugen, das war
noch ihre einzige Habe, alles Andere hatten ihnen die Fran=
zosen verbrannt und ruiniert, und Manche unter ihnen
hielten sich noch nicht einmal in unserer Gegend sicher.
Der Schrecken des Gesehenen und Erlebten trieb sie
weiter über die Berge, entweder zu entfernten Ver=
wandten und Freunden oder auf's Gerabewol. Die
Schilderungen der Flüchtigen waren herzzerreißend, und
seit Hunnen und Vandalen unter Attila und Gobegisel
über die deutschen Länder weggefluthet waren, war ein
solcher Greuel der Verwüstung nicht erhört worden.
Und das geschah durch den christlichen König eines
Volkes, das sich damals das gebildete der Erde
nannte. Vor neun Jahren hatte unter dem Feldmar=
schall Turenne schon einmal die Pfalz das Mordschwert

Glaubrecht, neue Erzählungen.

der Franzosen gefühlt; nachdem er aber bei Saßbach, wie dort auf seinem Denkmal steht, „vertödtet" worden war, da war ein kurzer Frieden bewilligt worden. Aber in diesem Frieden gieng dennoch das Bollwerk des deutschen Reichs, die Festung Straßburg, an die Franzosen verloren. Dafür und für andere Unbilden, die dem Reich von Ludwig XIV. angethan wurden, hatte man noch eine Art von Entschuldigung, für den Einfall in die Pfalz, für den sogenannten Orleanischen Krieg, für die Verbrennung von hundert der blühendsten Dörfer und Städte, für die Vertreibung von hunderttausenden von wehrlosen Bürgern, für den Raub von Millionen glaubte man der Welt gar keine Entschuldigung schuldig zu sein. Genug, der König und seine höllischen Rathgeber sendeten ihre Heere in die Pfalz, und die brannten, raubten und schändeten, daß ein lauter Schrei des Entsetzens aus dem Munde von Hunderttausenden zum Himmel drang. Das geschah im September des Jahres 1688, und von da bis tief in den Winter hinein zogen die Flüchtlinge durch das Nidderthal am Glauberg vorüber den nahen Bergen zu.

Tagelang spähte Arnold nach den Ankommenden vom Berge herab, und ward er ihrer ansichtig, dann eilte er ihnen entgegen und fragte sie aus und je trauriger und grausenhafter ihre Schilderungen waren, desto stiller und brütender ward der Mann, und desto weniger vermochte Elsbeth ihn umzustimmen und zu erheitern. Und als gar mit dem neuen Jahr die Werbetrommel ertönte, als durch's ganze deutsche Reich der Ruf wider den Reichsfeind erscholl, wie einst wider den Türken; da sahe Elsbeth ihren Mann mehr als einmal mit einer Thräne im Auge sich auf den Berg schleichen, um

das Heimweh nach der Ferne da droben auszuweinen,
wo ihn kein spottendes Auge sahe.

So lange hatte das gedrückte Weib mit Geduld
die Entfremdung ihres Mannes ertragen. Als es aber
drunten im Dorfe lärmend zugieng, die Werbetrommel
gerührt ward und der bärtige kaiserliche Officier die
Bursche und jungen Männer mit lauter Stimme und
unter großen Versprechungen in des Kaisers Dienst
nöthigte, und Arnold wieder auf den Berg gestiegen
war, da konnte es Elsbeth nimmer ertragen; sie verließ
das Haus und eilte ihrem Manne nach. Sie fand ihn
an einen Baum gelehnt, und er sahe hinaus nach Süden
in die grauen Wolken, grau vor Winter und Rauch
der brennenden Dörfer. Er war wie ein Träumender,
denn als sie ihn anstieß, da sahe er sie so starr und
überrascht an, als habe er sie nie früher gesehen, als
sei sie die Elsbeth nicht, die ihn einst vom gewißen
Tode errettet, da er krank in der Hütte auf dem
Berge lag.

„Arnold“, begann das Weib, und ihre Stimme
war fest und ruhig, „du hast mich vor vielen Jahren
zum Weibe begehrt, da ich ein Hirtenmägblein war und
du ein stolzer Reitersmann. Du meintest der Welt
müde zu sein und wolltest ausruhen hier bei uns, und
ich glaubte dir und ward dein Weib. Du hast dich
getäuscht und mich, und dein Stolz hat dich von mir
geschieden, ob ich dich gleich gar fest und treu geliebt
habe und es mir auch eine Zeit lang dünkte, du habest
mich lieb. Nun du aber vor Heimweh nach der Ferne
dich brästest und quälst, was soll ich dich halten! Gehe
denn hin unter meinem Segen und Gebete und ver=
suche es noch einmal mit der Welt, ob sie dir Wort

7*

hält. Bist du ihrer müde, so komme wieder, du weißt ja, wo dein Weib ist und wo deine Hütte steht. Aber laß mir den Knaben, er soll unter meiner Obhut Stille und Begnügsamkeit lernen. Als du bei uns einkehrtest, da hast du dein Schwert und deinen Koller sammt der Reisetasche in den Schrein geschloßen, siehe, hier ist dein Reisegeräthe, nimm es und versuche dein Heil draußen."

Arnold fuhr wie aus einem Traume auf; es ward ihm sonderbar zu Muthe bei der Rede seiner Frau. So hatte er sie noch nie reden hören, und der Werth dieses bescheidenen Weibes, das er seit lange vergeßen hatte, trat beschämend vor seine Seele. „Du bist gut, Elsbeth", sagte er, „beßer, als ich es verdient habe; aber ich kann, ich kann nicht anders sein; ich habe keinen Willen mehr dem Zuge zu widerstehen, der mich in die Welt treibt. Als ich noch Schäfer war, nun, da hatte ich mein Tagesgeschäft und die trüben Gedanken vergiengen mir in der Sorge um die Heerde. Nun aber, wo ich broblos bin, da bricht es über mich her mit unsichtbarer Gewalt und zieht mich von hier. Ich muß hinaus und etwas thun, und mir einen Namen machen vor' der Welt und Geld und Gut sammeln, und erst wenn ich das Alles habe, dann kann ich wieder kommen und dann sollst du mich wieder froh sehen, und wir wollen glücklich leben für unsere alten Tage. Also laß uns in Frieden scheiden. Gib mir das Schwert her und das Koller, grüße den Leupold und sage, er solle der Mutter gehorchen, bis ich wieder komme; und nun, Elsbeth, noch einen Kuß zum Abschied und dann Lebewol!"

Und mit jugendlicher Raschheit zog er den Schäfer=

rock aus, gab ihn der Elsbeth, legte sich das Leder=
koller an, gürtete das Schwert an seine Seite, dankte
noch mit einem gerührten Blick seiner Elsbeth für die
volle Reisetasche, küßte sie rasch, aber innig, und war
auf und davon. Elsbeth sahe ihn in vollem Lauf die
Straße erreichen. Von da winkte er ihr noch einmal
mit seinem Taschentuche, und dann war er im Walde
verschwunden.

Nun aber brach der Schmerz in dem armen Weibe
los und die Thränen strömten und wollten nicht ver=
siegen; sie rang die Hände und stöhnte, und jetzt erst,
da der liebe Gefährte ihrer Jugend von ihr geschieden
war, kam ihr das Opfer, das sie gebracht, erst recht
groß vor. Sie hatte ihren Arnold gar herzlich geliebt
und nur aus Liebe zu ihm hatte sie in die Trennung
von ihm gewilligt; sie konnte ihn nicht ferner leiden
sehen. Sie gab ihn hin, so war ihr Gedanke, um ihn
bald wieder zu empfangen und als einen Andern wie=
der zu empfangen. So hoffte sie, darum betete sie, und
doch weinte sie und wollte sich nicht trösten.

So fand sie erst ihr treuer Hund, und sahe ihr
theilnehmend in's Auge und legte die Pfoten auf ihren
Schooß, als wollte er sagen: Siehe, ich bin bei dir
geblieben, ein Bild der Treue in aller Noth. So fand
auch Leupold die Mutter. Sie erzählte ihm von des
Vaters Weggang, sie brachte ihm des Vaters Gruß
und ermahnte ihn, dem Befehl des Vaters gehorsam
und ein guter Sohn zu bleiben. Wider Vermuthen
nahm der Knabe, der nun fast zum Jüngling herange=
reift war, die Nachricht ruhig auf; nur schmerzte es
ihn, daß der Vater sein Geleite nicht begehrt habe bis
dahin, wo man den Glauberg nicht mehr sehen kann.

„Gräſtet euch nicht, Mutter", ſagte er, „daß mein Vater das Schwert wieder genommen, ich hab's längſt gebacht, ja ſogar gehofft. Kommt er wieder, und das wird geſchehen, denn Gott verläßt keinen Muthigen, bann bauen wir uns broben auf dem Berge an; wir haben den Platz längſt ausgeſucht und bann heißen wir mit Recht vom Berge. Und wer weiß, was bis bahin der liebe Gott Alles beſchert von Freud und Heil! Das Brod wird wieder wachſen wie ſonſt, die Heerbe wird wieder zunehmen, und ich treibe ſie aus, bis der Vater mir hilft; und kann ich den Schatz gar finden, dann iſt uns geholfen." Die Mutter ſchwieg und ſeufzte. Aber bei ſich ſelbſt bachte ſie: „O, daß ihr nicht nach hohen Dingen trachtetet, ſondern hieltet euch herab zu den Niebrigen!" Und um ein ſolch Herz betete ſie für ihren Leupold.

Und es ſchien, als wollte der hochſtrebende Sinn des Knaben ſeinen Meiſter finden im vierten Gebot. Denn er that, was er der Mutter konnte an den Augen abſehen, und arbeitete für ſie früh und ſpät, und was man ihm gab an Lohn oder Speiſe, das trug er Alles heim, denn er empfieng ſein Theil lieber aus der Mutter Hand. So kam der Frühling und die böſe Zeit hatte die Leute genöthigt, Tobiaskühe ſtatt der gefallenen Rinder anzuſchaffen, und Leupold warb Geiſenhirte und trieb mit derſelben Freude die Geiſen zu Berg, wie er früher die Schafe ausgetrieben hatte. Aber die Ruhe gönnten ihm die Geiſen nicht, die er ſonſt gehabt hatte; ſie giengen gerne zu Schaden in Walb und Saat, und es mußte ein ſtreng Regiment bei ihnen eingeführt werden, und auch das wollte ihm und ſeinem Phylax nicht immer gelingen. Denn ben Hund ver=

droß die Geißenhut gewaltig und er trug mehr wie
eine Wunde von ihren scharfen Hörnern davon. „Sei
ruhig, Phylax", so tröstete dann der Knabe den Hund,
„für mich und dich kommen noch beßere Tage; ist erst
der Vater wieder da, und die Schafheerde herange=
wachsen, dann werden die Stücker Brod wieder größer
und das Geißenvieh mag ein Anderer hüten!" Und
dann nahm er den Hund zwischen seine Knie, und
streichelte seinen Kopf und horchte hinaus in die Ferne.

Der Südwind strich warm über seine Wangen,
und er neigte das Ohr dem Winde entgegen. „Was
nur das sein mag", sprach er, „es wühlt ein so dumpfer
Schall durch die Luft, und wieder und wieder. Ein
fernes Gewitter kann es sein, denn ich habe hier oben so
manches schon anziehen sehen und kenne den Schall des
Donners; aber die fernen Donner, die ich höre, die
rollen so dumpf und fahren so über die Erde hin, als
kämen sie aus der Tiefe heraus." Und wie er sinnend
das Haupt vorwärts beugte, so hörte er Tritte in seiner
Nähe, und sahe, wie der alte David, „der Kaiserliche"
geheißen, sich bis zu ihm emporarbeitete, dann neben ihm
stehen blieb und athemschöpfend sagte: „Hörst du, Leu=
pold, die Kriegsmusik? Ich bin ihr hieher nachgegangen,
und ich merke, hier spielt sie lustiger auf, als drunten.
Sie müßen hart an einander sein, die Kaiserlichen und
die Mordbrenner, denn der Tanz geht lustig. Lege
dein Ohr einmal auf den Boden, dann hörst du die
Schüße noch deutlicher." — „Ja wahrhaftig", sagte der
Knabe, „ich höre Schuß auf Schuß; kommt uns der
Krieg näher, David, oder thut's der Südwind?" —
„Der Südwind thut's", sagte der Alte, „doch der
Franzose ist nicht zu gut, daß er auch tiefer in's Reich

bringt, wenn sie ihm nicht in Zeiten eine tüchtige
Schlappe geben. Aber fürchtest du dich, Leupold, du
zitterst ja wie Espenlaub?" — „Ich mich fürchten,
David, wo denkt ihr hin, das wäre zum ersten Mal;
Freude ist's, lauter Freude, daß jetzt bald der Tanz
auch bei uns losgeht; und denkt nicht, es gelinge bei
uns den Mordbrennern wie drüben in der Pfalz! Hier
gibt's Herzen, die nicht zittern, wenn sie nahen, und
Fäuste zum Dreinschlagen." — „Leupold", sagte der
Alte und sein Auge ruhte mit Wolgefallen auf dem
schönen Jüngling, „du gibst einmal ein guter Soldat;
aber, mein Kind, Geisenhüten und den Säbel schwingen
ist zweierlei. Werde ein Mann, Leupold, und dann
wollen wir weiter davon reden. Aber jetzt, mein Junge,
thu die Geisen heim, die Blätter rauschen über uns,
es naht Sturm und Gewitter. Sieh nur, der Bock
richtet das Auge starr nach dem Wind, und jetzt, sich,
wie er das Zeichen gibt und voranspringt, das bedeu=
tet schnellen Sturm. Nun da geht ja die ganze Heerde
schon den Berg hinab, der Bock voran; daß dich, du
Vieh mit deiner scharfen Nase und deinen flüchti=
gen Beinen! Könnt ich auch so hinab! Da bricht's
ja schon los, ich eile in das Schäferhaus, komm,
Leupold!"

Aber Leupold folgte nicht; lachend sahe er den
Geisen nach, wie sie über Stock und Stein setzten, der
Bock voran, und welche sonderbare Bewegungen die
Mutterziegen machten, weil die Schwere des Euters
sie am raschen Lauf hinderte. Und dann folgte sein
Auge theilnehmend dem alten David, wie er sich hastig
und doch ängstlich zwischen Busch und Stein hinab=
arbeitete, dem nahen Wetter zu entgehen. Ihm selbst

war ein solches Wetter eben recht und auf eine Hand
voll Regen mehr oder weniger kam es ihm nicht an.
Denn die Wolken zu beobachten, wie sie sich an einan=
der aufbäumten, gleich mächtigen Riesen, wie sie an
einander stießen, und die eine, von der andern gedrängt,
sich in's Thal senkte und dort entlud mit Blitz und
Regen; wie er denn manchmal oben stund im Sonnen=
schein, während es unter ihm witterte, das war ein An=
blick, den er nie entbehren mochte, und auch um dieser
Lust willen hatte er den Glauberg so lieb. So zog er
sich denn auch heute nur unter die ersten Bäume am
Waldsaum zurück und sahe dem Schauspiel der ent=
fesselten Elemente zu, und wie der Hagel durch die
Blätter rauschte und hüpfend von dem Boden zurück=
prallte, träumte er sich hinein in den Gedanken, er stünde
auf einem Berge und unter ihm wogte und dröhnte
die Schlacht, und die Feuerschlünde brüllten und die
Kugeln sausten. Und der Traum ward fast zur schreck=
lichen Wirklichkeit. Plötzlich zuckte ein blendender Blitz
herab, im folgte ein betäubender Wetterschlag, und nicht
weit von ihm sank eine uralte Tanne getroffen nieder.
Sturm und Blitz hatten zusammengewirkt, sie aus der
Wurzel heraus zu reißen, ihren Stamm zu spalten,
ihre Äste in lauter Hackholz zu zersplittern, und die
weithin gehenden Wurzeln hatten einen wahren Erd=
damm aufgeworfen und standen starrend und von der
Erde entblößt, hoch in die Luft hinein.

Da klopfte dem Knaben doch unwillkürlich das
Herz und seine Hände falteten sich zum Gebet: „Ach
HErr, wer ist Dir gleich, der so herrlich, löblich, heilig,
schrecklich und wunderthätig ist? Beweise an uns, daß
Du der rechte Rathgeber bist, ein Schutz zur Zeit der

Noth, und laß uns Dein Vaterherz wieder sehen durch
den heiligen und starken Namen Jesus Christus, wel=
chem mit Dir und dem heiligen Geiste sei Ehre, Herr=
lichkeit, Lob und Preis in alle Ewigkeit. Amen."

In sein Gebet klangen wimmernd und flehend die
Kirchenglocken aus den Dörfern rings umher, und
gleich, als habe sich das Gewitter in diesem letzten
furchtbaren Schlag erschöpft, so zogen nun dumpfgrollend
die schwarzen Wetterwolken weiter; der blaue Himmel
brach wieder an einzelnen Stellen hervor, und wie durch
einzelne aufgethane Fensterlein schien die liebe Sonne
wieder herab und brach sich in den warmen Regen=
schauern und spannte den Friedensbogen über das Thal
hin. Es war ein Anblick zum Niederknien und Beten
und zum Preis des Gewaltigen, der im Wetter segnet.

Unter dem Schein der ersten Sonnenstrahlen eilte
Elsbeth aus dem Hause; sie wußte ihren Leupold noch
auf dem Berge; sie hatte den Wetterstrahl gesehen in
den Wald fahren, sie hatte gebebt bei dem gewaltigen
Donnerschlag, und die Angst um ihr Kind trieb sie auf
den Berg. Keuchend vor Angst und Anstrengung rief
sie seinen Namen; aber sie bekam keine Antwort. Sie
trat tiefer in den Wald hinein und verdoppelte ihren
Ruf; da erst bekam sie Antwort; sie erkannte ihres
Leupolds Stimme, aber wie aus der Tiefe schien die
Stimme zu kommen. Jetzt hatte sie die Stelle erreicht,
wo der Blitz die Tanne getroffen und aus dem Boden
gerißen hatte. In der Tiefe der Grube, die sich da
geöffnet hatte, kniete Leupold und emsig wühlten seine
Hände im Boden. "Mutter", rief er athemlos, "end=
lich hab ich des Vaters Schatz gefunden; im Wetter
hat ihn uns der liebe Gott geschenkt. Wir hätten

lange suchen können, die Tanne hielt den Schrein mit
ihren Wurzeln umschlungen. Seht nur das Eisenkäst=
chen ist noch fast neu und wenig von Rost angefressen!
Ach Mutter, was mag drinnen sein, helft mir es her=
ausschaffen!"

Und unter Weinen und Danken hoben Elsbeth
und ihr Sohn das Eisenkästchen hinauf auf das feuchte
Moos des Waldes; aber sie öffneten es nicht. Scheu
betrachteten sie es von allen Seiten; aber sie hatten
den Muth nicht, hinein zu blicken, denn verschloßen
schien es nicht zu sein, sondern nur durch Klammern
verwahrt. Elsbeth band es in ihre vom Regen triefende
Schürze, und den Phylax an der Spitze, der bellend
voraussprang, trugen sie den Fund in das kleine Schä=
ferhaus. Und dann standen sie davor und sahen ihn
an, und sahen sich an, aber Keines wagte die Hand
an den Drücker zu legen. „Ich kann's nicht, Leupold",
sagte zitternd die Mutter, „wenn nur dein Vater da
wäre!" — „Ich kann's auch nicht, Mutter", sagte der
Leupold, „wenn nur mein Vater da wäre!" „Aber hier
darf das Kästchen nicht stehen bleiben und unter dem
Bette ist es auch nicht sicher genug. Geht an's Fenster,
Mutter, und seht hinaus, daß uns nicht Jemand aus
dem Orte unversehens überfällt; ich will derweil vor
dem Herd in der Küche ein Loch machen, und es da
hineinsetzen, bis der Vater kommt, der hat vielleicht den
Muth dazu. Es könnt auch ein Blendwerk des Bösen
dahinter sein, trotz Gebet und Kreuz an der Thüre."
Die Mutter trat schweigend ans Fenster und hörte,
wie Leupold eine der Sandsteinplatten mit der Rod=
hacke aushob, die Öffnung erweiterte, das Kästchen
hineinstellte und dann die Platte darauf deckte, so be=

hutsam und vorsichtig, daß kein Auge den Schatz ver=
muthen konnte, der da unten ruhte. Dann säuberte er
die Küche von dem übrigen Schutte, und ließ sich dann
erschöpft auf der Bank nieder neben der Mutter und
sagte seufzend: „Wenn nur der Vater da wäre!"

Beiden wollte an diesem Abend die Suppe nicht
schmecken, und sie waren in ihre Gedanken ganz ver=
graben und sprachen wenig mit einander. Dann gien=
gen sie schweigend zur Ruhe, als wäre der zurückgelegte
Lebenstag ein betrübter gewesen. Und wenn auch Leu=
pold am Morgen darauf die Geisen austrieb, als wäre
nichts vorgefallen, so hörte ihn die Mutter doch nicht
mehr singen, wie er sonst zu thun pflegte. Er stund
vielmehr Stunden lang oben auf dem Berge und schaute
hinaus in die Ferne, und wenn er heim kam, dann
war sein erstes Wort: „Wenn nur der Vater da wäre!"

4.

Das hatte so etliche Tage gedauert, da erwachte
Elsbeth an einem Morgen ungewöhnlich spät; denn
Leupold, der auf dem Boden schlief, hatte sie nicht ge=
weckt mit einem frommen Morgengesang, wie er sonst
wol pflegte, und auch Phylar war noch nicht laut ge=
worden, wie er that, wenn er seinen Herrn hörte. Sie
meinte, es müße dem Knaben etwas zugestoßen sein
und stieg auf den Boden; aber sie fand ihn nicht; sie
öffnete den Stall des Hundes, aber auch der war nicht
da. Da kochte sie die Morgensuppe und wartete lange;
als aber Stunde um Stunde vergieng, und der Knabe

nicht erschien, da ward ihr bange. Sie eilte auf den
Berg, immer noch in der Hoffnung, ihn da zu finden.
Aber sie hatte den ganzen Wald durchstreift, sie hatte
seinen Namen vielmal gerufen; aber keine Spur war
von ihrem Leupold vorhanden. Wie sie sinnend den
Berg herabstieg, da begegnete ihr der Kaiserliche, dem
klagte sie ihre Angst und ihre schwere Besorgnis. „Elsbeth", sagte der Kaiserliche, „das Vöglein ist flügge
geworden und davon geflogen. Art läßt nicht von Art.
Nun weiß ich, warum der Junge mich neulich fragte,
wo der Krieg sei und wohin wol der Vater gegangen?
Der Junge will seinen Vater suchen, und meint, das
könnte eben so leicht geschehen, als wenn die Buben
droben im Wald das Räuberspiel spielen. Hab auch
in seinen Jahren so gedacht und bin davon gegangen
ohne Abschied. Aber seid getrost, Elsbeth, dem Jungen
geschieht nichts, der ist ein Sonntagskind und dazu
ein Gezeichneter; er wird bald wieder da sein, wenn
er die Karthaunen aus der Nähe krachen hört. Denn
seinen Vater suchen und heim bringen wollen aus dem
Krieg, das ist ein Bubenfürwitz, sonst nichts; wer weiß,
ob er am nächsten Kreuzweg nicht schon umkehrt!"

In dem Wort des Kaiserlichen lag Trübsal und
Trost zugleich für die arme Elsbeth; sie trieb derweilen
selbst die Geisen zur Weide und schaute nun Tag für
Tag nach dem Wege, auf dem ihr Leupold zurückkom-
men sollte und weinte und hoffte; aber es giengen Tage
und Wochen vorüber, es verschwanden endlich Monate,
der Winter kam, aber ihr Leupold kam nicht und keine
Nachricht von ihm.

Von da an lag Trauer auf dem einsamen Häuschen am Glaubergsborn. Elsbeth weinte um die Ihren

und that alle kleinen Geschäfte mit Widerwillen, und
fiel ihr Blick auf den Stein, unter dem der erträumte
Schatz ruhte, der Vater und Sohn hinausgetrieben
hatte in die gefährliche Welt, dann verwünschte sie das
eitle verführerische Gold und wandte schnell das Auge
von der Stelle. Aber desto öfter wandte sie es hinauf
zu Dem, der der Wittwen und Waisen Tröster heißt,
sie betete für ihren Arnold, daß er heimkommen möge
mit einem genügsamen, stillen Herzen, und für ihren
Leupold, daß ihn Gott behüten und ihm die Welt ver=
leiden möge, daß er lerne, in der Stille sein täglich
Brod verdienen; und durch ihr Gebet schimmerte wie
durch die Nachtwolken der Stern der Hoffnung einer
beßern Zukunft auf sie nieder.

„Wohin, Schäfer?" rief ein alter Fährmann un=
serm Leupold zu, als dieser am Abend des Sommer=
tages, da er die Mutter verlaßen hatte, den Hund an
der Kette und den Schäferstab in der Hand, am Main=
fluß stille hielt und sehnsüchtig hinüberschaute. „Wohin,
Schäfer", fragte der Alte noch einmal, wollt ihr über=
gefahren sein!" — „Ja", sagte der Knabe, „wenn ihr
es thun wollt um Gottes willen, denn ich habe keinen
Weißpfennig in der Tasche, euch zu bezahlen und noch
eine weite Reise vor mir." Der Alte sah sich den
Jungen vom Kopf bis zu den Füßen an, sahe wie ver=
wegen der Schäferhut auf dem blonden, wallenden Haar
saß, wie er den Schäferstab so fest und zuversichtlich
vor sich hinhielt wie ein Soldat seine Muskete, und
sagte dann: „Auf eine Überfahrt um Gottes willen
mehr oder weniger kommt es mir gerade nicht an; aber
sag mir, Schäfer, wo willst du hin?" — „In den Krieg,
meinen Vater zu suchen", sagte kurz der Junge. — „Allen

Respekt vor deiner Courage, Bürschen", erwiederte der Fährmann, „aber weißt du denn auch, was ein Krieg ist und was absonderlich der Krieg ist, den Gott über das deutsche Reich verhängt hat?" — „Nun ein Krieg wird dem andern ziemlich gleich sein", sagte Leupold; „den Donner der Kanonen hab ich daheim von unserem Glauberge gehört, und daß sie die Kanonen nicht bloß mit Pulver laden, und daß manche ihren Mann trifft, glaub ich auch; und daß die Reiter, wenn sie aufeinander loshauen mit den Säbeln, gerade keine Eichen, sondern Ohrfeigen geben, daß die Fetzen fliegen, das kann ich mir denken, das ist Kriegsbrauch. Aber darum soll auch mein Vater nicht heim, denn der ist wol erfahren im Kriegshandwerk und in dem Schlachtgewühl, sondern ich will ihn nur aufsuchen, daß ich weiß, wo er ist, und ihm sagen, daß er nicht über Gebühr ausbleibt, wenn der Tanz da drüben zu Ende ist, sondern heimkehrt, damit er was Angenehmes erfahre."

„Bürschlein", sagte der Fährmann, „hast du eine Mutter daheim, so kehr hier am Main um, und denke, der liebe Gott habe dir den ersten Schlagbaum vorgeschoben, denn der Krieg ist kein Ort, dahin man zum Besuch geht, und der Krieg dort ist zudem ein Höllenwerk. Du willst in die Pfalz, meinst du denn, es gebe noch eine Pfalz? Es gibt keine mehr. Denn es steht schier keine Stadt mehr und kein Dorf, der Mordbrenner, der Melac, hat Alles dem Boden gleich gemacht. Die Thürme und Festungswerke hat er in die Luft gesprengt, die Häuser ausgeraubt und verbrannt, und die Einwohner sind geflohen. Hier hab ich manchen Hausvater mit den Seinen übergefahren und manch verirrt

und weinend Kind, das den Eltern nacheilte. Jetzt
sitzen sie da drüben, die Mordbrenner, und haben Mainz
inne, und kochen mit den Obstbäumen ihr Sündenmahl
und füttern mit den Weinreben ihre Pferde. Und was
sie an Schande und Gräueln an den armen Bewohnern
thun, das ist gar nicht zu sagen. Kehr um, Schäfer,
sag ich, und danke Gott, daß er dir in deinen jungen
Jahren solch Kriegsspiel zu sehen erspart. Geh heim
und bete für deinen Vater, daß ihn der liebe Gott aus
diesem Heidenkrieg heraus zu Weib und Kind zurück=
bringe; ich führ dich nicht über, denn ich fürcht mich
der Sünde."

Der Leupold besann sich kurz. „Komm, Phylax",
sagte er, „wir wollen einen andern Fährmann suchen,
der mehr Muth hat. Gehabt euch wol, Alter, ich
ziehe meine Straße; mein Hund und ich, wir finden
den Vater, trotz Melac und Franzosen."

Wol fand Leupold einen willigeren Fährmann und
willige Hände dazu, die ihm um Gottes willen ein
Stück Brod reichten, wenn er sagte, daß er ausgehe,
seinen Vater zu suchen. Solche Kinder sprachen viele
bei den Bauern ein, aber sie kamen aus dem Krieg,
eins aber, das hinein wollte, war noch nicht erschie=
nen. Man schüttelte überall die Köpfe und hieß den
Jungen horchen auf den Donner der Schlacht und
das Krachen der gesprengten Mauern und Thürme, aber
man ließ ihn ziehen. Und wie er weiter zog, so that
sich die furchtbare Wirklichkeit vor ihm auf. Da lagen
Städte am Wege, die waren in ihren Trümmern be=
graben, und Schlösser, die waren ausgebrannt und rag=
ten mit ihren zerschoßenen und gesprengten Mauern

grausenhaft zum Himmel, und in vielen, vielen Dör=
fern, wenn sie auch noch theilweise stunden, war nicht
ein Hund und nicht ein Hahn. Es lag Todesstille auf
der weiten Landschaft. Da begann ein Grausen den
Knaben zu ergreifen, denn auch der Hunger stellte sich
ein, weil keine gastliche Thüre sich aufthat in der grauen=
vollen Öde des Todes. Nur dann und wann sah
man eine scheue Gestalt aus einem Walde herauskom=
men, sie blickte sich erschrocken um und eilte dann hinab
in's nahe Dorf, um wenigstens die Stelle noch einmal
zu sehen, wo einst das Haus gestanden. Als Leupold
sich mühsam weiter schleppte und mit Wurzeln seinen
Hunger stillte, indes der Hund nach Mäusen grub und
ekelhafte Dinge, die am Wege lagen, verzehrte, da las
ihn eine französische Colonne auf und machte ihn, er
mochte wollen oder nicht, zum Troßbuben. Gut gieng
es ihm in dem neuen Amte nicht, aber er hatte doch
Brod und sein Phylax auch, und wenn er des Abends
auf dem Lagerplatz seinen Dienst gethan, Holz für die
Soldaten gesucht und Feuer angemacht, auch den Sol=
daten die Kleider gereinigt hatte, dann legte er sich in
einen Winkel des Zeltes, sein Phylax stets neben ihm,
und träumte von seinem Vater und wie er ihn nun
bald finden würde; denn die Soldaten zogen dem Kriegs=
schauplatz zu.

Und das Schlachtengetümmel begann um ihn her.
Er hörte die Kanonen in nächster Nähe; er sah ihre
blutige Ernte. Von den Höhen herab, wo der Troß
sich aufhielt, übersah er manch Schlachtfeld, sah wie
seine deutschen Landsleute muthvoll zur Schlacht giengen,
hörte das Schreien und Hurrahrufen der Reiter, das
Knattern der Gewehre, das Ächzen der Sterbenden;

er ſah die Schlachtfelder ſich an am Abend nach einem
ſolchen Bluttage, ach, und er weinte und wäre für ſein
Leben gerne daheim geweſen im Häuschen am Glau=
bergsborn bei der Mutter, die ſicher jetzt um ihn trauerte
und die er in heilloſer Verblendung verlaßen. Aber
was half die ſpäte Reue; man ließ ihn nicht los. Ent=
floh er der einen Truppe, ſo fieng ihn die andere auf,
er mußte immer tiefer hineinſchauen in das Elend des
Krieges und in die Bosheit entmenſchter Soldatenher=
zen. Denn das Soldatenvolk, das der franzöſiſche Kö=
nig damals an den Rhein ſchickte, um an Deutſchland
ſeinen Muth zu kühlen, das war leichtfertig wie ſein
König und hochmüthig wie ſeine Diener und grauſam
wie der gezähmte Wolf, den der General Melac als
Wächter und Schlafgenoße neben ſeinem Bette liegen
hatte.

Wie der Herbſt kam und die Vögel heimzogen, da
ergriff auch den Leupold das Heimweh mit aller Ge=
walt, und es fehlte nicht an wiederholten Verſuchen zur
Flucht aus Feindeshänden. Aber jedesmal kehrte er
zu ſeinem Regiment zurück, denn wie ſollte er durch die
leere, ausgehungerte Gegend kommen, in der er ohne=
hin keinen Beſcheid wußte, wenn auch Brod vorhanden
geweſen wäre. Nur verſtummte jetzt, wo der Winter
einfiel, der Kriegesdonner; die Franzoſen wurden in
die nicht zerſtörten Dörfer und Städte gelegt, und ſein
Regiment erhielt ſein Winterquartier in den Straßen
der ehemals ſo ſchönen Stadt Landau, die noch von
dem Mordbrand übrig waren. Hier ward auch Leu=
pold als Troßbube gehalten und gieng ihm ſehr übel.
Denn zu der Qual ſeines Dienſtes und zum Heimweh
geſellte ſich noch der Widerwille gegen das Franzoſen=

volk, unter dem er sein mußte. Noch hatte er zwar seinen Freund in der Noth, seinen Phylax, bei sich, aber dem Hund gieng es wie seinem Herrn, er aß ungern das fremde Brod und schlich voll Erbitterung unter den Franzosen umher, die ihn wie seinen Herrn miß= handelten, wo sie konnten. Die Prügel waren reichlich und die Bißen schmal, und das arme Thier schlich bei Nacht um die verfallenen Häuser und über die Brand= stätten, um etwas Genießbares zu finden.

Und er hatte etwas gefunden, das wollte er augen= scheinlich nicht allein genießen. Denn an einem Abend kam der Hund ungewöhnlich erregt heim, sprang an Leupold empor, zerrte ihn an den Kleidern und kreißte bellend um ihn her, und das that er lange und immer lauter, so daß Leupold am Ende aufmerksam ward und dem Thiere folgte. Nun verdoppelte der Hund sein Bellen, lief bald voraus und bald kehrte er schmeichelnd zu seinem Herrn zurück und führte diesen endlich in ein elendes, verfallenes Haus ohne Thüre und nur mit schwachen Resten von Fenstern versehen. Daß hier kranke Gefangene verwahrt wurden, erkannte Leupold auf der Stelle, denn in allen Räumen des Gebäudes, sogar auf dem Boden der Hausflur, lagen auf Stroh verwundete deutsche Soldaten, schlecht gepflegt und noch schlechter verbunden. Der Hund verdoppelte hier sein Bellen, sprang einer morschen Treppe empor und in eine kleine Stube hinein, in welcher ein verwundeter Soldat auf Stroh lag. Leupold sah den Hund auf den Verwun= deten losstürzen, ihm Hände und Gesicht belecken und dann zu ihm zurückkehren, um in seiner Thiersprache ihm zu sagen: „Siehe, hier liegt der, den du suchst!" Leupold folgte dem Hund zu dem Strohlager und er=

kannte in dem matten Schein einer kleinen Öllampe
seinen Vater. Da lag er, der große starke Mann, dem
es zu eng gewesen war in dem kleinen Haus am Glau=
bergsborn, der sich nach Ruhm und Ehre in der Welt
gesehnt hatte, da lag er nun als ein armer verwunde=
ter Soldat, krank und hülflos. Nur mit Mühe erkannte
er seinen Sohn, und er war so matt und betrübt, daß
er meinte, als er seines Leupold Stimme hörte, er sei
daheim, und leise sprach er den Namen seiner Elsbeth.

Leupolds Auge weinte, aber sein Herz jubelte.
„Gefunden, gefunden!" rief er, „nun weiß ich, warum
mein Gott mich hieher geleitet und meine Flucht ver=
eitelt hat! Vater!" rief er, „ich bin bei Euch, Leupold
ist da und die Mutter daheim ist wol auf, nun faßet
Muth, nun wird alles gut; ich will Euch warten und
pflegen und dann heimgeleiten!" — „Jetzt, Phylax",
sagte er zu dem Hunde, „bleib hier uud bewache deinen
Herrn, bis ich wieder komme und dem Vater Erquickung
bringe." Und der Hund legte sich gehorsam auf das
Stroh neben den Kranken.

Und der Kranke genas, aber erst nach Monaten,
unter seines Kindes treuer Pflege, und als der Früh=
ling kam, da kehrte die alte Kraft zurück und mit ihr
der Muth. „Leupold", sagte der Vater, „auf unsern
Gängen um die Stadt her habe ich die Gegend erkun=
det und sie ist mir auch sonst nicht unbekannt, denn
nicht fern von hier lag das Schloß meiner Ahnen. Das
ist verfallen und ich wills vergeßen, ich habe jetzt nur
Eine Heimat, und die ist daheim am Glauberg. Dort=
hin laß uns die Flucht richten und dann nimmermehr
an die Ferne denken, wenn wir mit Gottes Hülfe den
Glauberg wieder sehen. Als ich noch zu Roß saß, da

hab ich für die Zeit der Noth einen Zehrpfennig in
meinen Koller eingenäht, der soll uns über den Rhein
helfen und dann weiter in die Heimat." Und als nun
wieder Nacht ward, da schlichen die Beiden und der
Hund schweigend an den Schildwachen vorbei, durch=
schritten rüstig die Nacht und am Morgen fuhren sie
über den Rheinstrom. Je mehr sie sich der Heimat
näherten, desto weniger sah man den beiden Schäfern
in ihren grauen Röcken und mit den Schäferstäben in
den Händen an, daß sie aus dem Kriege kamen; sie
schienen die Heerde eben verlaßen zu haben; auch spra=
chen sie nur von dem Wiedersehen der Mutter, des
gefundenen Schatzes wurde kaum gedacht.

Und sie kamen heim, als die Abendsonne den letz=
ten Strahl auf den Glauberg warf und auf das Häus=
chen am Born, an deßen Thüre Elsbeth stund und ihrer
fernen Lieben dachte. Da lagen sie einander weinend
in den Armen; und als Elsbeth unter Schluchzen fragte:
„Herzer Arnold, bleibst doch jetzt daheim?" Da sagte
der Bergschäfer: „Elsbeth, ich bin geheilt von meiner
Krankheit, die dir viel Thränen gekostet; als gesunder
Mensch bin ich heimgekehrt. Laß fahren dahin den
großen Namen und die Ehre der Welt; über Weib und
Kind und täglich Brod geht nichts auf Erden, und das
hat mir mein Gott gegeben und ich will's dankbar ge=
nießen. Nun will ich ein Bauer werden, der Letzte
Derer vom Berge ein Bauer, damit Arbeit die Grillen
vertreibe und den Hochmuth dämpfe. Der Bergschäfer
war noch ein fauler Schäfer, der Bergbauer soll ein
fleißiger werden, damit sein Leupold von ihm lerne":

„„Schweiß an Händen hat mehr Ehre als ein
güldner Ring am Finger.""

X.

Wegerich.

„Ich gieng im Felde
So für mich hin,
Und nichts zu suchen,
Das war mein Sinn.

Im Schatten sah ich
Ein Blümchen stehn,
Wie Sterne leuchtend,
Wie Aeuglein schön.

Ich wollt es brechen,
Da sagt es fein:
Soll ich zum Welken
Gebrochen sein?

Ich grub's mit allen
Den Würzlein aus,
Zum Garten trug ich's
Am hübschen Haus.

Und pflanzt es wieder
Am stillen Ort,
Nun zweigt es immer
Und blüht so fort."

Von der erften Frühlingszeit bis zum letzten schönen
Tag im Jahre fteht an allen Wegen im lieben Vater=
land ein Pflänzchen, das heißt Wegerich oder We=
gebreit. Unter allen Gewächfen ift es das unfchein=
barfte und unfchönfte, hat keinen Stengel und keine
Zweige, fondern liegt breit und platt mit feinen bald
eiförmigen, bald fpitzzulaufenden, lederartigen, dun=
kelgrünen Blättern auf dem Boden. Kommt feine Blü=
tezeit, dann geht mitten aus den Blättern heraus ein
Schaft, mitunter bis zur Höhe eines Schuhes, und der
hat oben eine Blütenähre, röthlich=weiß, mit einer
Menge kleiner Blütchen, aus denen die Staubgefäße
hervorfehen und eine Art von Bürftchen bilden. Und
weil es fo ärmlich ausfieht, das Pflänzchen, fo wird es
wenig beachtet. Die Kinder bücken fich wol nach dem
Vergißmeinnicht und nach dem Löwenmäulchen und fogar
nach der Kettenblume; aber der muß fchon ein curiofer
Liebhaber fein, der nach dem Wegerich fich bückt. Alfo
für die frohen Menfchen ift das Pflänzchen nicht ge=
fchaffen. Defto mehr aber für die Traurigen. Denn
der Bauer, der nicht gerne in die lateinifche Küche,
fondern lieber in unfers Herrgotts Apotheke geht, freut
fich, wenn das Kraut feinem Viehe fo wol fchmeckt;
denn er weiß recht gut, daß es, auf böfe Wunden
und Eiterbeulen gelegt, ein gar trefflich Heilkraut ift,
und denkt, was ihm gut thue, das müße auch feinem
Viehe wol bekommen. Und von der Großmutter auf
den Enkel herab hat es noch manch ander gut Zeug=
nis; denn es beruhigt das ungeftüme Blut, und wer
es im Frühling unter die andern Kräuter preßt oder
als Thee trinkt, dem gibt fein Saft gefunden Magen

und heile Haut. Was will man mehr von einem ein=
zelnen Kräutlein, das, zumal unter vielen Tausenden,
das unscheinbarste ist?

Aber sein Nutzen für die Creatur ist damit noch
nicht alle. Denn ist das Federbuschblütchen ausge=
fallen, so hat sich an jedem Blümchen ein Sämchen an=
gesetzt, künstlich geborgen in einer kleinen Kapsel, und
das Sämchen schließt in sich ein winzig Tröpfchen Öl.
Das wißen tausend Menschen nicht, die mit dem Fuß
das Samenkelchchen zertreten, und ohne daß sie es
wollen, unsers HErrgotts Saatleute werden; aber je=
des Finklein weiß es. Das ist seine Wißenschaft, von
der Mutter ihm angeerbt und angefüttert, und wenn
es die Flügel regen kann, dann fliegt es zu der vollen
Ähre des Wegerichs, und die hat nie Mißwachs.
Und wer dann ein Auge hat für der Geschöpfe Thun
und Treiben, der sieht mit Vergnügen, wie der Distel=
fink — das Vöglein, das der liebe Gott nach der
Kinder Märchen zuletzt gefärbt hat, als in allen Far=
benschüßeln nur noch ein Tüpfchen übrig war — wie
der Distelfink die gelben Schwingen ausbreitet und
sich flatternd an den Stengel des Wegerichs hängt und
mit ihm umfällt, daß er schier auf den Rücken zu lie=
gen kommt nnd in dieser Stellung seine Schnabelweide
hält. Und die Weide reicht nicht für heut oder mor=
gen, sondern für lange, lange Zeit. Denn wenn der
Schnee Alles bedeckt und die Ammern in die Dörfer
kommen und sich unter die Spatzen mischen, dahin sie
nie gehören, weil böse Gesellschaft gute Sitten ver=
dirbt, so sucht der Finke die Raine auf und findet leicht
über den Schnee hervorragen die Samenähre des We=
gerichs; denn sie hält ihre Körner fest, bis sie gesucht

verben, und was die Finken zerstreuen, das hat der
Schnee gesäet für's neue Jahr.

Wenn ich das von dem Kräutlein Wegerich so er-
zähle, so scheint es fast, als wollte ich eine Art von
Naturgeschichte liefern für den curiosen Liebhaber. Aber
dem ist nicht so; ich wollte nur erklären, warum ich die
kleinen Histörchen, die hier folgen werden, mit dem
Namen Wegerich belegt habe. Sie sind eben so un-
scheinbar wie jene Pflanze, wachsen wie diese am Wege,
es geht Mancher an ihnen vorüber und sieht sie gar
nicht oder tritt mit Absicht darauf, weil er morsch ist,
wie die Leute sagen, oder gerade nicht gut gewitzt.
Es gehört schon eine Art Natursinn dazu, neben einem
Wegerichpflänzchen stehen zu bleiben, und so muß Einer
auch eine besondere Art von Menschensinn haben, wenn
er hören und begreifen soll, was die Leute hinter den
Hecken und hinter den Gläsern, auf Wegen und Ste-
gen und im Werktagskleid, ohne lange Besinnung,
gleichsam aus dem Stegreif reden und thun. Da sind
sie aber nnübertreffliche Schauspieler und wißen selbst
nicht, wie meisterlich sie spielen. Kein Souffleur hilft
ihnen fort, und kein Publicum klatscht Beifall; nur
dann und wann steht Einer dabei, „dem's zu Herzen
gieng, daß ihm der Zopf so hinten hieng", d. h. Einer,
der sich seiner Schalkheit und Schwachheit selbst bewußt ist, und der lacht, entweder zu den Bocksprüngen
des Menschenherzens, oder er überlegt, sinnend und
ernst, wie wahr es sei: „Es ist das Herz ein trotzig
und verzagt Ding; wer kann es ergründen?"

Und aus solcher Betrachtung wird denn die Ar-
zenei für das Herz bereitet, wie aus dem grünen
Kraut des Wegerichs das Heilmittel; und wie sein

unscheinbares Blümchen leicht nach Zimmet riecht, so
sind auch die Histörchen nicht ganz ohne allen Duft;
und wie die Vögel kommen und suchen die kleinen
Sämchen des Wegerichs und werden damit Säemänner,
ohne es zu wollen, so nähren auch wol diese kleinen
Erzählungen für Stunden, sind gleichsam Äpfel wider
den Durst und geben damit Trieb und Nahrung, zu
forschen und zu suchen das eigne Wesen, und zu stu=
bieren den Menschen; denn der bleibt immer mit seinem
Geist das vornehmste Stück der Naturforschung.

1.

"Man kennt den Esel an den Ohren,
An den Worten kennt man den Thoren."

Der Oberst Rieger, der Würtemberger, ist be=
kanntlich ein Hitzkopf gewesen, den seine Frau nicht
anders abkühlen konnte, als daß sie die Schachtel holte,
worin er den Bart aufbewahrte, der ihm einst im lan=
gen Gefängnis gewachsen war. Sah der Hitzkopf den
Bart, dann schwieg das Gewitter plötzlich stille, das
sich mit Donner und Blitz aus dem Munde des Trotz=
kopfs entleerte. Was hätte jene Schneidersfrau darum
gegeben, eine solche Schachtel zu haben, die sie ihrem
Manne vorhalten konnte, wenn der Raptus den er=
faßte und er aus der Hölle sprang und auf sein Weib
losschlug und dabei in einem fort schrie: "Willst du
noch mehr? willst du noch mehr?" Denn sagte sie:
"Ach nein, ach nein, lieber Mann!" so brachte das

Bittwort doch keineswegs den Schneider zur Ruhe, er schlug und schlug, bis ihm selber der Athem ausgieng.

Einst in einer guten Stunde, wie sie ja auch im Leben eines Schneiders vorkommt, war es am Abend eines blauen Montags oder sonst an einem blauen Tage, da faßte sich die Frau ein Herz, ihren gestrengen Eheherrn zu fragen: „Aber sage, Andres, was willst du denn eigentlich für eine Antwort, wenn du mich schlägst und fragst, ob ich noch mehr wolle?" Da sagte der Schneider mit Ernst und Würde: „Du weißt, Lore, wie ich gleich bin, und deine Hartköpfigkeit bringt mich immer noch mehr auseinander. Warum sagst du niemals, wenn ich hitzig bin und frage: willst du noch mehr? ‚wie Sie belieben?' Das Wort macht mich zum Lamm!" — Und die Lore hat sich das Wort gemerkt und hat damit aus einem hitzigen Schneider ein zahmes Lamm gemacht.

Wer nun keine Schachtel mit einem Bart im Haus hat, aber dafür einen Hitzkopf, der passe doch auch einen blauen Tag ab und frage nach dem Worte, das solche Wunder thun kann.

Es steht freilich noch ein Wort anderswo geschrieben, wer das kennt und zur rechten Stunde braucht, der erlebt noch ein größeres Wunder; denn das Wort schließt nicht allein den trotzigen Mund zu, sondern thut auch das trotzige Herz für die Liebe von Oben her auf und macht es dann mild und linde.

2.

Es gibt sich, wenn es ausgelaufen ist.

Es waren einmal zwei Bauernbüblein eingesperrt
worden und sollten so lange das Haus hüten, bis die
Mutter heim käme aus dem Feld und der Vater aus
dem Wald. Warum man die Büblein nicht mitnahm,
das weiß ich nicht; ich denke aber, sie sollten das Haus
bewachen, damit kein Dieb den Weg hinein finde. Da
haben sie denn zuerst ihr Butterbrod verzehrt, das
ihnen die Mutter mit allerlei guten Vermahnungen zum
Abschied geschnitten, und einen Topf mit Milch dazu
getrunken, weil just kein Waßer im Hause war und
das Brod Durst machte. Dann hat der Peter dem
Hanneschen ein Märchen erzählt oder zwei, und beim
zweiten hat das Hanneschen wiederholt in den leeren
Milchtopf geguckt, ob nichts mehr darin sei gegen Durst
und Langeweile. Dann haben sie sich zusammen an's
Fenster gestellt und dem Wächter zugesehen, der gegen=
über unter dem Holzstoß sein Lager hatte, wie er nach
den Mücken schnappte und an der Kette zerrte; der
Hund war auch eingesperrt und hatte Durst. Das sah
das Hanneschen, und vor Mitleid und eigner Rührung
giengen ihm die Augen über, und es brüllte: „Peter,
ich habe Durst!“ Indem, so sieht es, wie ein Huhn
vom Mist herabläuft und gerade auf den Brunnen=
trog zu, und beugt seinen Kopf hinein und thut einen
kräftigen Zug, und noch einen und wieder einen und
hebt jedesmal den Kopf in die Höhe und schielt nach
dem Fenster, wo die Büblein stunden, als wolle es
sagen: „Etsch, ich hab getrunken, und ihr habt Durst!“

Das verdroß das Hanneschen gewaltig, es heulte noch lauter und schrie: „Ich habe Durst, Peter, ich glaub, ich sterbe!" Das gieng dem Peter zu Herzen, und auch bei ihm begann der Durst; er heulte auch und sagte: „Komm, Hanneschen, ehe wir sterben, wollen wir uns noch einmal an Papas Bier laben, das im Keller liegt."

Also stiegen sie hinab in den Keller, wo ein Fäß= chen Bier lag zum Sommertrank, und der Peter rupfte den Stöpsel heraus und gab ihn dem Hanneschen und hielt den Milchtopf unter, und das Bier stürzte schäu= mend hinein. Wie die Blasen sich eben am Rand zeigten, da hielten sie die Mäuler an den Topf und stießen sich mit den Köpfen aus Begierde und Durst und tranken tüchtig. Aber so schnell sie tranken, so schnell lief das Bier aus dem Faße und noch viel, viel schneller. Es floß ihnen über Gesicht und Brust und Kleider weg; es gieng dem Hanneschen eben am Hals hinein und floß durch die Höschen hindurch und that ihm kalt auf seinem Leib, und es schrie und strampelte. Da rief der Peter in Angst: „Was schreist auch noch, der Topf ist längst voll und läuft über, gib mir den Stöpsel, daß ich das Loch zustopfe!" Aber das Han= neschen hörte nicht; es schrie vielmehr: „Ich bin naß, ich bin naß bis auf's Hemb!" Da machte sich der Pe= ter selbst auf und suchte nach dem Stöpsel; er mußte doch irgendwo in der Nähe liegen; er suchte und suchte, aber er fand ihn nicht. Dafür aber floß das Bier aus dem Faß, daß es rauschte wie ein Spring= brunnen. „Hanneschen", rief da in seiner Angst der Peter, „das Bier ist gar mächtig, lauf hinauf und hol aus der Küche ein Holz oder einen Lumpen zum Zu=

stopfen, ich stecke derweil den Finger in's Loch und halt das Bier auf."

Das Hanneschen blieb lange aus, und als es kam, da hatte es ein Holzscheit in seiner Hand, so groß, daß man hätte einen Spund davon machen können auf ein Stückfaß. Aber der Peter rief ihm frohlockend entgegen: „Hanneschen, es gibt sich!" — Wol hatte es sich gegeben, das Faß war fast leer und lief nur noch dünn und langsam, und war von dem Bier nichts mehr übrig, als der Milchtopf für den Durst.

Und nun die Moral? Soll sie heißen: „Wenn die Katze fort ist, so tanzen die Mäuse auf dem Tisch?" O bewahre! Oder soll sie heißen: „Das Büblein hat getropft, der Vater hat's geklopfet?" Bewahre! Die Moral liegt tiefer: „Und wer warten will, bis sich's gibt, dem können alle seine Fäßer im Keller aus= und alle seine guten Vorsätze davon laufen.

––––––––––

3.

Gedanken sind zollfrei, aber nicht höllenfrei.

Es stund einmal ein Bauer auf seiner Wiese und wendete das Heu. Und wie unter dem Rechen das Heu, so wandten sich unter dem Rad der Gedanken allerlei bunte Bilder hin und her; vielleicht auch das: „daß der Bauer Herr auf seinem Acker sei und ernten dürfe, was darauf wachse, und todtschießen dürfe, was darauf weide; und der das Jagdrecht erfunden, sei auch kein Bauer gewesen, der sich von allem Gethier

die Saat müße abfreßen laßen, sondern ein fauler Jun=
ker; und wenn nur die Zeit einmal wieder beßer würde,
dann könne auch der Bauer die Flinte auf den Rücken
hängen und das Gethier jagen nach Herzenswunsch."
Indem, so rauscht's im nahen Walde und heraus fährt
ein Hase, der Eile zu haben schien und darum die
Augen nicht aufthat und gerade auf den Bauer zulief.
Der nahm, im Vorgefühle der Zeit, wo das Jagdrecht
aufgehoben wird, den Rechen in die Höhe, legte ihn
schußmäßig an den Backen, und wie er „puff" ruft, so
thuts einen lauten Knall und der Hase stürzt nicht weit
von ihm nieder und verendet. Kaum ist der Schuß ge=
fallen, so theilt sich das Gebüsch und der Förster stürzt
mit drohend erhobener Flinte auf den Rechenschützen
los und ruft: „Wildbieb, hab ich euch jetzt einmal!"
— „Halten zu Gnaden, Herr Förster", sagte der er=
schrockene Bauer, „es war so böse nicht gemeint; und
dacht ich denn, daß das Ding hier losgienge!" —
Das Ding war nun freilich nicht losgegangen, wol
aber des Bauern Gewißen; das hatte den Hasen wirk=
lich geschoßen, drum erschrack er von Knall und Fall.
Ach! wenn es jedes Mal einen Knall thäte, wenn das
Menschenherz einen Gedankenschuß thut nach fremdem
Gut und nach fremder Ehre, das gäb ein Heckenfeuer,
wie in der schwersten Schlacht. Man sollte aber doch
bedenken, „daß der HErr suchet alle Herzen und ver=
stehet aller Gedanken Tichten".

―――――

4.

„Geloben ist ehrlich,
Halten beschwerlich."

Zwei Eheleute waren reich, hatten aber nur einen Buben. Wen sie am liebsten hatten, den Buben oder das Geld, das ließ sich schwer bestimmen; es fragte sie Niemand danach, bis ihnen einmal der liebe Gott selber die Frage vorlegte, und da haben sie Antwort gegeben.

Der Bube ward krank, sehr krank, und sie saßen händeringend und klagend an seinem Lager, und der Mann sagte: „Ach! wenn uns der liebe Gott den Jungen erhält, so gebe ich den Armen hundert Körbe Brod." — „Das schickt nicht", stöhnte die Frau, „ich denke, der Bube ist mehr werth, laß uns auch noch einen fetten Ochsen zusetzen." — „Meinetwegen", sagte der Mann, „aber es schickt noch nicht, laß uns auch noch dreihundert Gulden baar Geld den Armen geloben, vielleicht hilft uns dann der liebe Gott." — Und der liebe Gott half; der Bube genaß, und das Brod ward mit heiterem Angesicht unter die Armen vertheilt und der fette Ochse auch, und dünkte den Beiden Geben seliger denn Nehmen, und sie thaten's gern. Wenn es aber an das baare Geld gehen sollte, da saßen sie wieder zusammen, wie damals an ihres Sohnes Krankenbette, und rangen die Hände und meinten, es sei doch gar zu viel, und baar Geld brauche es ja nicht zu sein, wenn man nur wiße, wie man sich aus der Verlegenheit ziehen könne. Und sie riethen hin und her, und ihr Gewißen schrie, aber das Geld noch lauter, und sie waren rathlos wie nie vorher. Endlich hatte es die

Frau gefunden. „Weißt du was", sagte sie, „wir ge=
ben das gelobte Geld unserm armen Buben da,
daß er doch auch etwas habe für Krankheit und Angst."
Und so thaten sie; sie gaben ihrem armen Buben die
dreihundert Gulden, und der arme Bube gab sie den
reichen Eltern wieder, und das Gelübbe war erfüllt.

Versuch es einmal Einer, der sich selber kennt,
über die Schelmerei der reichen Leute zu lachen! Wir
dürfens nicht. Wir gleichen auf ein Haar den beiden
Eheleuten. Was geloben wir nicht Alles in Stunden
der Noth und der Rührung; und wenn dann die Zeit
kommt, wo wir dem HErrn unsere Gelübbe bezahlen
sollen, dann erscheint uns unser schwaches, liebes Herz
wie ein armer Bube, dem wir wol thun müßen,
und wir sind babei gar gerührt und schelmisch zugleich.

5.

„Scherz soll Schaf-, nicht Hundezähne haben."

Viel Waßer und Weide um ein Dorf her ist im=
mer etwas werth; wenn man aber vor lauter Waßer
und Weide nicht in's Dorf hinein und heraus kommen
kann, dann geht es einem, wie es denen gieng, die da=
mals, es war zur Zeit der schlechten Wege, sich glücklich
in das Dorf hineingearbeitet hatten, aber auf der andern
Seite nicht wieder heraus konnten. Denn vor einem
tiefen Loche, mit Waßer und Schlamm angefüllt, hiel=
ten Roß und Wagen zu allen Jahreszeiten überlegend
stille, und doch half alle Überlegung nichts. Denn wer

weiter mußte, der drückte in Gottes Namen, wenn er
ein Gottesfürchtiger war, dem Pferde die Sporen in die
Seite, oder hieb, war er anders gesinnt, mit einem der=
ben Fluch auf sein Gespann hinein, drückte den Hut
in's Gesicht, und war Roß und Reiter bei gutem Athem
und der Schlamm nicht zu tief, so kam das Gespann
auf der andern Seite wieder heraus in einem Zustande,
wie etwa ein Ferkel, das im Sumpfe Mittagsruhe ge=
halten hat. Dem freilich ist's wol dabei, aber den
Reitern und Fuhrleuten blieb oft nichts Anderes übrig,
als bei dem Wirte Einkehr zu halten, der gerade dem
Loche gegenüber seine Herberge hatte und oft zusah,
wie die Fischer am Meere, ob der HErr den Strand
segnen werde.

So steht er auch einst, das Pfeifchen im Munde,
auf der Treppe vor seiner Thür und sieht einen Trupp
Reiter ankommen, lustiges, junges Volk; die halten vor
dem Loche und überlegen, wie sie hindurch könnten.
Einer aber reitet keck auf den schmalen Steg zu, der
für Fußgänger zur Seite des Waßerlochs angebracht
war, und will mit dem Pferde da hinüber. Wie sich
aber das Pferd scheut, die schmale Brücke zu betreten,
da ruft er hinüber: „He da, Herr Wirt! kann man
über den Steg reiten?" — Der Wirt thut einige
mächtige Züge aus seiner Pfeife, auf daß sie ihm während
des Dienstes an seinem Nächsten nicht ausgehe, öffnet
seinen Mund und ruft: „Es kommen ihrer Etliche
herüber, es fallen ihrer auch Etliche hinein; thut, wie
ihr wollt!" Und dann blieb er stehen und rauchte
weiter und dachte weiter: „Eins oder das Andere, mir
Alles recht, ich bin Nummer Sicher."

Solcher Wirte mit brennenden Pfeifen und kalten

Herzen gibt's heute noch, auch da, wo die Wege beßer sind denn damals. Aus dem Verderben Anderer ziehen nicht nur die Aasvögel und die Mistkäfer ihren Vortheil, sondern auch die Wirte und Krämer und die Kuppler und die Pferdeverleiher, und die da schweigen, wo sie reden müßten; „denn wer da weiß Gutes zu thun und thut's nicht, dem ist es Sünde."

Viel beßer hat mir ein ander Stücklein gefallen, das zu einer andern Zeit, aber auch von dem Wirtshaus bis in das Dorf hinein geschah, das vor sich und hinter sich und mitten darin so böse Wege hatte. Einmal geschah es nämlich, daß das Waßer über die ganze Weide weggieng und bis mitten in das Dorf hinein. Da dachte Einer, der einen Klepper im Stalle hatte: er hat geruht gestern und vorgestern, so mag er heute etwas verdienen, und spannte ihn an seinen Karren und fuhr die Leute über, die des Weges kamen, die aus dem Orte für ein „schön Dank", die Bettler umsonst und die Leute von Ansehen und Stand um zwei Kreuzer Fuhrlohn. Wie er einmal wieder am Waßerloch hielt, kam über den Steg herüber eine Schar Musikanten, einer hinter dem andern drein, die Instrumente unter dem Arme, bereit, sogleich loszuspielen: denn wer gern tanzt, dem ist gut geigen. „Wollt ihr überfahren?" fragte der Fuhrmann. — „Ja wol", riefen die Musikanten, „aber bei uns thut's die Menge; nehmt einen Kreuzer statt zwei und laßt uns aufsitzen." — „Bin's zufrieden," sagte der Fuhrmann, „aber Eins halt ich mir noch aus: so lange ihr auf meinem Karren sitzet, müßt ihr mir spielen, zuerst den „Jäger aus Kurpfalz" und darnach den „Prinz Eugenius" und zuletzt: „Heinrich schlief bei seiner Neuvermählten." Die

9*

Muſikanten ſagten lachend zu und ſtiegen auf. Aber
der „Jäger aus Kurpfalz“ war kaum halb aufgeſpielt,
da merkte der Fuhrmann, daß das Waßer abnähme
und das Ziel nahe wäre. Da ließ er den Klepper
ſtehen, und die Muſikanten thaten die Inſtrumente von
Mund und Backen und riefen: „Vorwärts!“ Aber der
Fuhrmann wich nicht; ſie baten und brohten, aber der
Klepper ſtund ſtill im Waßer. „Erſt die drei Lieder zu
Ende“, ſagte der Fuhrmann, „dann fahre ich euch auf’s
Trockene.“ Die Muſikanten ſetzten mit zornrothen Ge-
ſichtern abermals die Inſtrumente an, und Jubel ſchallte
aus allen Fenſtern und vom Lande aus dem Fuhrmann
zur Ermunterung. „Ich ſpringe in’s Waßer“, ſchrie
der mit der Baßgeige, „ehe ich den Schimpf mir gefallen laße“, und that, als wollte er herab; aber nur
lauter tönte der Jubel, und eine Stimme rief: „Recht
ſo, die Baßgeige iſt beßer, als ein Backtrog!“ — Was
half’s, auch das dritte Lied mußte noch geſpielt werden, und als auch der „ungetreue Heinrich“ ſeinen
Lohn bekommen hatte, führte der Fuhrmann die Muſikanten auf’s Trockene, und heute noch erzählt man
im Orte von dem Spaße, zumal, wenn das Waßer
groß wird.

Und bei großem Waßer fällt einem freilich allerlei bei, und das beſte iſt gewiß das von Noah’s Rettung und von dem Täublein mit dem Ölzweige und
von dem Friedensbogen über Noah’s Opfer, ehe noch
der erſte Weinberg gepflanzt war.

6.

„Wer viel wünscht, dem fehlt viel.“

Es saßen einmal zwei Weidbuben an einem hellen
Maitag am Waldsaum, indes ihre Kühe nicht weit von
ihnen graseten. Man sah den Buben keinen Mangel
an; denn ihre Backen waren roth und ihre Augen hell,
und aus dem Sack des einen sah noch dazu ein Stück
Brod heraus, groß genug, einen Hungrigen satt zu
machen. Der eine hatte einen Zweig von der nahen
Weide abgeschnitten, hatte ihn zugerichtet, mit Luftloch
und Stöpsel wol versehen, und schlug mit dem Stiele
seines Sackmeßers darauf los und sang: „Saft, Saft,
Weide!“ Der andere trieb derweil Naturkunde. Er
war Zeuge, wie ein früher Maikäfer neben ihm das
Fest seiner Geburt feierte, wie er die Erde durchbrach
und herausschlüpfte, sich reckte und putzte und versuchte,
ob die Flügel ein Kreuz schlagen könnten. Der Weid=
bube hatte ihm unter lautem Frohlocken zugesehen, hatte
ihm mitleidig geholfen, dann den Käfer in seine hohle
Hand gelegt und hineingehaucht, daß er Leben bekom=
men sollte, und als es ihm Zeit schien, daß er fliegen
würde, da hatte er einen Faden aus dem Unterfutter
seines Wamses gezogen und den Käfer mit einem Bein
daran gebunden, und während sein Kamerad das „Saft,
Saft, Weide“ sang, brüllte er in den feinsten Trillern:

> „Klewerchen, Klewerchen, flieg aus,
> Flieg über's Bäckerhaus!“

„Das wär so übel nicht“, sagte plötzlich der Ka=
merad, „wenn das Klewerchen über's Bäckerhaus flöge

und zwei Weck heraus brächte, mir einen, dir einen, wie wollten wir da hineinbeißen!"

„Ach, geh mir hinweg", sagte der Andere; „wenn's Wünschen hülfe, dann wünscht ich mir etwas Anderes!" —

„Nun was denn?" — „Ich ließe mich auf einem Heuwagen durchs ganze Dorf fahren!" — „O geh, du Schlechter", gab der Kamerad zur Antwort, „da weiß ich etwas Beßeres!" — „Nun was denn?" — „Ich ließe mir eine Suppe von lauter Baumöl kochen!" —

Ob die Weidbuben das Wünschen noch weiter getrieben, oder ob sie es bei dem Heuwagen und der Suppe von Baumöl gelaßen haben, das erzählt meine Geschichte nicht; aber sie gibt doch allerhand zu bedenken. Einmal: „Wünschen und Wollen sind keine guten Haushalter"; denn sie halten nicht gut Haus mit der Zeit, und Müßiggang ist des Teufels Ruhebank. Zum Andern, so weiß selten Einer, wo ihn der Schuh drückt und hätte gern große Schuhe an kleinen Füßen, und der „hätt ich" ist ein böser Vogel, der viel Futter braucht und mit Spott davon fliegt, wenn man ihn fett gefüttert hat.

7.

„Der Wein ist gut, wenn er auch den Mann die Treppe hinunterwirft."

Es ist einmal in einem Städtchen eine Kindtaufe gefeiert worden, und zwar mit vielem Nachdruck. Sie muß wol die erste im Hause gewesen sein; denn es

wurden viele Gesundheiten dabei getrunken, und waren
Viele da, die sie tranken, also daß dem Krämer des
Städtchens, der auch geladen war, die Wehmuth schier
das Herz abstieß. Was konnte er dazu, daß er weh=
müthig ward unter dem Gesundheittrinken, während
sein Nachbar, der Apotheker, plapperte wie eine Elster,
und der Physikus dem Kindtaufsvater ewige Freund=
schaft schwur! Was konnte der Krämer dazu, daß der
Stadtrechner, an dessen Brust er sich gern ausgeweint
hätte, vom Stuhle fiel und ihm nicht Stand hielt!
Niemand verstund ihn in dem bewegten Kreiße; er mußte
die Einsamkeit suchen. So tastete er sich denn die
Stiege hinab und fand auch ein stilles Plätzchen.

Eine Stube stund offen und war Niemand darin,
und sie warm und behaglich. Was lag dem Krämer
daran, daß kein Licht darin war; so sah auch Niemand
die Thränen der Rührung, die er weinen wollte. Er
fühlte um sich her und hatte richtig gefühlt. Da stund
ein Sopha; hier wollte er ruhen und seinen Gefühlen
Luft machen. - Gastlich nahm ihn das Sopha auf; er
streckte sich der ganzen Länge nach darauf aus, dehnte
und reckte die Glieder, seufzte und stöhnte und schlief
endlich ein. Wie mit weichen Mutterarmen umfieng den
Betrübten der Schlaf.

Droben im Festzimmer gieng indessen das Fest
seinen gemüthlichen Gang; um die Lichter bildeten sich
feuerrothe Kreiße, und die drehten sich so rasch, daß
man nicht hineinsehen konnte, und aus den Gläsern
sahen neidische breite Gesichter, die schlängelten mit den
rothen Nasen, wenn man sie ansah, und sperrten die
Mäuler, als wollten sie trinken und könnten nicht mehr.
Da begann sich der Stadtrechner hinter dem Ofen

wieber zu sammeln, er schaute sich erstaunt um, er
zählte die Häupter seiner Lieben, und siehe, es fehlte
sein Busenfreund, der Krämer. „Wo ist der Krämer,
ihr Nachbarn? Seht einmal, ob seine Laterne noch bort
am Hacken hängt und sein Überrock mit den Katzen=
pelzen und sein Stock mit der Elle barauf nach dem
alten Maß!" Laterne, Rock und Stock fand sich in
ber alten Verfaßung, aber ber Krämer fehlte. „Auf
und suchet ihn!" rief da ber Physikus. „Jeder nehme
ein Licht und folge mir, und wer nicht Schritt hält
hinter mir her, der wird gepönt um eine Halbe!"
Wankend setzte sich der Zug in Bewegung, voran ber
Physikus. Den trieb die Praxis zuerst nach der hintern
Seite des Hauses; aber da war ber Krämer nicht.
Dann suchten sie ihn in der Nähe des Neugeborenen,
aber bort schreckte sie brohend das finstere Gesicht der
Hebamme. Nun war noch ein Raum zu untersuchen,
die Familienstube, wo man sonst aß und trank, das
Geld zählte und allerlei that, was geschehen mußte,
wenn es am täglichen Brob nicht fehlen sollte. Der
Physikus that die Thüre auf und leuchtete hinein, aber
auch hier war ber Vermißte nicht; es war nichts Auf=
fallenbes in bem Zimmer, als ein großer Backtrog;
ber stunb mit Teig gefüllt neben bem Ofen.

Eben wollte die Karawane wieber Kehrt machen,
da trieb ben Stabtrechner noch ber Instinkt ber Freunb=
schaft zu bem Backtrog hin, und siehe ba, aus bem
Teige heraus schimmerte ben erstaunten Kinbtaufs=
gästen bas rothe gerührte Gesicht bes Krämers ent=
gegen, aber sonst von bem Manne nichts, gar nichts.
Der Brobteig hatte ihn schützenb und wärmenb in seine
Arme genommen, war bann, seiner Pflicht eingebenk,

aufgegangen, hatte ihn von allen Seiten eingeschlos=
sen und nur vor dem Angesicht des Betrübten hatte
er Scheu gehabt.

Was nun weiter geschah, wie man den Krämer
geweckt, was er gesagt, wie er ausgesehen, das kann
sich ein Jeder selbst denken; auch darüber kann ich keine
Auskunft geben, ob man den Teig dennoch zu Brod
verbacken und auf des Krämers Gesundheit verspeist
habe; denn es fällt allerlei in die Suppe, wie z. B.
der Bäuerin ein Mäuslein in den Rahm, und man ißt
sie doch.

Ich aber meine, es gelte den Corinthern nicht
allein, was dort geschrieben steht: „Wißet ihr nicht,
daß ein wenig Sauerteig den ganzen Teig versäuert?
Drum feget den alten Sauerteig aus“, der da heißt:
Säufer, Fresser, und wißet: „Je größer das Fest, je
schlimmer der Teufel.“ —

8.

Wie sieht die Seele aus?

In einem Dorfe war ein Brand ausgebrochen,
und zwar einer von denen, die sich nicht mit einem
Schweinestall begnügen oder mit einer Scheune, sondern
einer, der ganze Straßen in Asche legt, und das Leben
der armen Bewohner bedroht. Und so war es geschehen;
es ward nach dem Brande ein Mensch vermißt. Ein

Frember, der am Morgen nach der Unglücksnacht voll
Theilnahme zur Brandstätte kam, fragte einen Bauer
nach Ursache und Verlauf des Brandes, und ob Men=
schen dabei verunglückt wären.

„Zum Glück nur Einer", gab der Bauer zur
Antwort. — „Und hat man denn den Verunglückten
gefunden?" — „Nein, Herr", gab der Bauer zur Ant=
wort, „ihn nicht, aber seine Seele." — „Und wie sah
sie denn aus?" fragte ernst der Fremde. Ohne sich
lange zu besinnen, gab der Bauer zur Antwort: „Accu=
rat wie eine Blutwurst." —

Seitdem der Bauer dort an der Brandstätte den
letzten Rest eines Verbrannten für seine Seele gehalten,
verstehe ich auch ein ander Pröbchen von Stumpfsinn,
das man mir erzählt hat. Ein Reisender kam durch ein
Dorf, und wie er eintritt, läuten die Glocken einen
Todten zu Grabe, und unter viel Weinen aller Anwe=
senden bringt man den einzigen Sohn einer Witwe
zu seiner Ruhe. Der Fremde schließt sich dem Trauer=
zuge an und hört, tief ergriffen, aus dem Munde des
Geistlichen, wie der Thränen werth der Verstorbene
gewesen sei, und alles weint darob und beugt sich unter
des HErrn Hand. Nur einen Bauer sieht er unfern
von dem Grabe stehen, der, den Kopf auf seinen großen
Stock gestützt, unter seinem Dreimaster hervor mit der
größten Ruhe der Trauerhandlung zusieht und auch
nicht eine Miene verzieht. Beim Weggang von dem
Friedhofe gesellt sich der Fremde zu dem Bauer und
fragt ihn: „Freund, gieng euch das dort nicht zu Her=
zen?" — „Nein", sagte fest der Bauer, „gar nicht,
Herr, ich bin nicht von hier."

Seitdem glaub ich, daß in Etlichen die Seele wirklich eine Blutwurst ist, die unter dem Feuer der Liebe Christi nicht gar wird, sondern wo es Höllen= brände bedarf, damit sie seine Stimme hören.

9.

„Fischfang und Vogelstellen
Verdarb schon manchen Junggesellen.“

Es saßen einmal im Wirtshause zusammen der Fischer, der eigentlich ein Leinweber, und der Vogel= fänger, der eigentlich ein Schuster, und der Tagedieb, der eigentlich ein Schneider war, und der im Orte der Schote hieß. Es sprachen die Dreie, und thaten dazwischen manchen Schluck von ihrem Steckenpferd, das sie meisterlich zu reiten verstunden, indes die Ihren zu Hause nichts zu reißen und zu beißen hatten. „Wißt ihr denn auch“, hub der Vogelfänger an, „wie man in ein Nest mit jungen Blutfinken zu greifen hat, um lauter Männchen zu greifen? Das muß man thun, wenn Morgens die Sonne aufgeht. Dann sitzen die Männchen alle nach Osten, und was die Weiblein sind, alle nach Westen; das fehlt nicht.“ — „Und wißt ihr denn auch“, hub der Fischer an, „wo am besten Aale zu fangen sind? Das will ich euch sagen! In den Erb= senäckern sind sie am besten zu fangen, aber es gehört List und Gebuld dazu. Denn der Aal, müßt ihr wißen, der ist halb Fisch und halb Schlange, und derohalber geht er so dann und wann an's Land und soll grausam gern in den Erbsenäckern sein; ob er nun die Schoten frißt oder den Heimchen nachstellt, das weiß ich nicht.“ — „Hui“, sagte der Tagedieb, und that einen tiefen Trunk aus seinem Glase, und drückte das eine Auge dabei zu, „wenn ist das, daß der Aal zu Land geht, bei Tag oder bei Nacht?“ — „Allemal bei Nacht“, sagte der Fischer, „denn er kann die Sonne nicht leiden, die trocknet ihm seine Haut“. Damit wars für heute gut, und jeder der Dreie gieng seinen Berufsweg; der Fischer, um die Angeln für den Nachtfang zu legen, der Vogelfänger, um in den Hecken zu lauschen, wenn die Finken zur Abendatzung ihrer Jungen heimkehrten, und der Tagdieb schlenderte durch den Ort und hielt Rath bis in die Nacht hinein und drückte dann und wann das eine Auge zu und schmunzelte dabei.

Nun geschah es, daß es wieder Morgen ward, und der Vogelfänger machte sich auf, aus einem Blutfinkenneste die Männlein zu holen, die nach Osten im Neste sitzen, da begegnete er dem Fischer, der nach seinen Angeln gieng, aber schlecht erwacht sein mußte; denn er schalt im Gehen und war sehr unwirrsch. Ihm war in der Nacht das Netz gestohlen worden, das er zum Trocknen ausgespannt hatte, und er fluchte deshalb dem Dieb. Wie die beiden nun dem Bache zugehen, da bleiben sie plötzlich erstaunt stehen; denn in der Mitte eines Erbsenackers sehen sie den Tagdieb, wie er zitternd vor Kälte und Spannung in den Erbsen steht, das Netz zum Fang bereit hält und auf die Aale lauert, wenn sie aus dem Bache aufs Trockene kämen. Der Tagdieb war sehr unwillig über den Spott seiner Kameraden und gieng schmollend heim; „denn“, dachte er,

„wären bie beiden Maulaffen nur eine halbe Stunde
später gekommen, so war ber bickste Aal mein, benn
ich hörte ihn schon in ben Erbsen schleichen." Es geht
nichts über List unb ein scharfes Ohr. Von ba an
hieß ber Schote im Dorfe ber **Aalfänger**.

Wie viele solcher Aalfänger giebt's boch in ber
Welt, benen immer eine halbe Stunde vor dem Ge=
lingen ber Fang vereitelt wirb! „Eure Zeit ist alle=
zeit", sagt ber große Menschenfischer unb heißt bie
Seinen bas Netz auswerfen in seinem Namen.

10.

**„Ueber'm Eßen
Wird Gott vergeßen."**

Ein Vornehmer von gutem altem Abel hatte einen
Andern seines Standes gelaben zum Fischfang, unb
während bas Waßer im Teiche allmählich abgieng unb
bie Fische in ihrer Bestürzung aufs Trockne zu liegen
kamen, vergnügten sich bie Beiden an Speis unb Trank
unb allerlei Kurzweil. Da erhebt sich ein Geschrei
aus bem Teiche, unb zwei Fischer ringen mit einem
Hechte, wie keiner seit Menschengedenken war gesehen
worden, unb bringen ihn enblich an's Land unb legen
ihn zu ben Füßen ber erstaunten Herrn. „Ein gewal=
tiger Fisch", sagte ber Eine, „kein Wunder, baß so we=
nig Brut in bem Teiche war, ein solcher Freßer weiß
aufzuräumen." — „Unb boch", sagte ber Andere, „hab
ich einen Bauer baheim, ber frißt ben Fisch unb fragt

nach mehr." — „Alles, was in den Sack geht", sagte
der Erste, „aber der das könnte, der müßte ja einen
Magen wie eine Regimentstrommel haben; der Herr
Bruder belieben wol nur zu scherzen." — „Gedenkt der
Herr Bruder etwa eine Wette einzugehen, daß der
Bauer Nimmersatt daheim den Fisch frißt?" — Und
sie reichten sich zur Wette die Hand.

Der Reitknecht, den sie in das etliche Stunden
entfernte Dorf schickten, traf den Nimmersatt nicht da=
heim, seine Frau aber meinte, er werde zum Imbiß
nicht nein sagen und es lohne sich immer der Mühe,
daß sie ihn vom Felde hole; denn sie spare wenigstens
sein Abendeßen, und das sei schon ein Gewinn. Also
wird der Mann vom Felde geholt und ihm von der
Wette der beiden Herrn erzählt, und er sagt vergnügt:
„Dazu kann Rath werden, Ihr seid an den Rechten
gekommen, nur müßt Ihr mich erst ein Frühstück neh=
men laßen." Der Reitknecht wollte abwehren, aber der
Bauer meinte, erst wenn er hier einen rechten Grund
gelegt habe, dann könne er dort bei den Herren seinen
Mann stehen, wenn nicht, so bekäme er unter Weges
den Jähhunger und dann blieb der Fisch ungegeßen.
Also aß er zum Entsetzen des Reitknechtes einen halben
Laib Brod und etliche Handkäse, nahm seinen Stab
und wanderte rüstig neben dem Reitknecht her zum
Fischteich.

Die Herren hatten dem Bauer den Fisch in drei
Portionen theilen und jede besonders bereiten laßen.
Erst kam der Hecht abgesotten und dann in einer Brühe
und endlich gebraten, und alle drei Portionen verschwan=
den, man wußte nicht wie, langsam, aber sicher durch
den Mund des Nimmersatts. Wie das letzte Stücklein

verzehrt war, da drehte sich der Bauer um und sagte:
„Nun, kommt jetzt der Fisch bald?" —

Die Wette war gewonnen und verloren, und der
Nimmersatt fragte nach mehr. Das ist seit Lucullus
und anderer Freßer Zeiten wol schon öfter geschehen,
und braucht einen nicht Wunder zu nehmen, daß es
Menschen mit so weiten Magen gibt. Gibt's ja doch
solche mit noch viel weiteren Gewißen, die allmählich
so viel verschlingen, bis sie es zur Kunst bringen. Aber
thun wir die Frage des Nimmersatts nicht alle und
fast täglich: „Kommt denn der Fisch bald?" Der liebe
Gott speist uns unverdient und reichlich, und je satter
wir sind, desto öfter fragen wir nach mehr.

11.

Allerlei vom Doctern und Quacksalbern.

„Ein Doctor und ein Bauer weiß mehr denn ein Doctor
alleine."

a.

Es ist einmal mit gar betrübtem Gesichte ein Bauern-
bursche zum Pfarrer gekommen und hat den Tod seines
Vaters angezeigt. Da hat der Pfarrer gefragt, was
dem Kranken gefehlt, und ob er denn keinen Doctor
gebraucht habe, und der Sohn hat Red und Antwort
gegeben und gesagt: „Mein Vater war lange schon ein
fleißiger Mann und hat allerhand gebraucht, und Doctor und Apotheker sind über ihn gegangen, aber es wollt

nicht glücken. Da kam just vor etlichen Tagen ein Sau-
schnitter in's Haus, dem klagte mein Vater seine Noth,
und der Mann that grausam gescheid und sagte, wenn's
weiter nichts ist, da wollen wir helfen. „Nehmt nur
eine Hand voll Gerstenähren und kocht die mit einem
Löffel voll Pfeffer in einem Schoppen Bier, thut auch
ein wenig Backofenleimen daran und trinkt das. Darnach nehmt ihr eine Hand voll Sauborsten und brät
die in Bickenfett, und mit der Salbe reibt ihr den
ganzen Leib ein. Sodann laßt ihr an beiden Füßen
zur Ader und schröpft über den ganzen Körper." —
„Vater", sagt ich da, „versucht das Mittel nicht, es
ist Euch zu stark; aber einmal, er hatte Glauben daran
und braucht es, und am andern Tag da war er
todt.

b.

Ein Doctor hatte einem Patienten eine Arznei
verordnet und auf das Recept geschrieben: „Vor dem
Einnehmen gehörig zu schütteln und zu rütteln." Der
Apotheker hatte pflichtschuldigst den Rath auch auf die
Signatur gesetzt und des Patienten Pfleger und Wär-
ter hatten ihn gelesen und auch verstanden. Am andern
Morgen, als der Doctor kommt, um zu sehen, was das
Mittel für Wirkung gehabt habe, da findet er den Patienten keuchend und in Schweiß gebadet, denn zwei
seiner Leute haben den Kranken unter ihren Händen
und schütteln ihn aus Leibeskräften, und dem Kranken
geht schier darüber der Athem aus.

c.

„Euer Sohn hat nur ein Auge, seit ich ihn nicht
gesehen, wo ist denn das andere hingekommen?" —

„Das ift hall ausgegangen, Gott folls wißen, wie",
feufzt der Alte und kratzt fich hinter den Ohren. —
„Aber ein Aug geht doch fo fchnell nicht aus, da muß
doch etwas gefchehen fein? — „Allemal ift etwas gefche=
hen, aber was, das begreif ich felber nicht. Da kommt
am Abend mein Peter heim und feine Mutter fagt zu
ihm, Peter, wie wärs, wenn du mir etwas Holz klein
machteft, das Feuer zur Abendfuppe will nicht brennen.
Da geht mein Peter in den Stall, und ich höre ihn am
Holz hauen, und feine Mutter bläft derweilen unter den
Knorzen, aber das Feuer will nicht brennen, und gehn
ihr dabei die Augen über vor Rauch und Ungebuld.
Auf einmal hört der Peter auf, Holz zu hauen, und
dann kommt er aus dem Stalle und fchreit: Vater,
mein Aug ift hin! Peter, fag ich, du wirft doch nicht?
— Vater, fagt er und fchreit und hält das Geficht mit
beiden Händen, mein Aug ift hin. So legt er fich
ins Bette und hält das Geficht mit beiden Händen zu
und fchreit zum Herzbrechen. Das hat uns denn ge=
jammert und wir haben mitgefchrieen die ganze Nacht
durch, und dann hat meine Frau gefagt: Kaspar, geh
für den Peter nach Rath, ich kann ihn nicht länger
jammern hören. Da hab ich meine Stiefel angezogen
und wollt zum Doctor gehen. Und wie ich in die
Obergaße kommen bin, da hat der Schmid an der Thüre
geftanden und hat gefagt: Kaspar, wohin des Wegs?
Nach Leindorf, hab ich gefagt, zum Doctor, mein Pe=
ter hat einen Schaden am Aug gekriegt, da will ich
mir Rath holen. Kaspar, fagt der Schmid, mit den
Augen ift nicht zu fpaßen, die Doctors können einem
kein neues machen, wenn fie einem eins auscuriert ha=
ben; bleibt daheim und überlaßt dem lieben Gott das

Aug, daß ers macht, wie er will, so ober so. Da war
ich schon halb wenbig, gieng aber boch nach Leinborf
unb weils just Mittagszeit war unb ber Doctor sicher
am Eßen, so benk ich: ber Mann will auch seine Sache,
bu kehrst berweilen im Hirsch ein unb trinkst ein Viertelchen, bas Brob bazu hatte ich mitgenommen. Da
saßen allerlei Gäste unb ein Wort gab bas anbere, unb
Jeber mußte etwas bawiber zu reben, unb Mancher
hatte gar schreckliche Sachen erlebt, wie bie Doctoren
mit ben Augen ber Leute umgiengen, baß ich vollenbs
ben Muth verlor. Also trank ich mein Viertelchen aus
unb gieng heim unb sagte bem Peter Alles, was ich
gehört. Aber ber Peter gab keine Antwort, sonbern
er hielt bie beiben Hänbe vors Gesicht unb schrie, unb
bas that er vierzehn Tage unb vierzehn Nächte anschwit
(en suite), unb wie er bie Hänbe vom Gesicht that,
ba war bas Aug hin. Nun änbers einer!" —

d.

Der Erzähler hat sich sagen laßen, baß Zahnschmerz
über alle Schmerzen gehe, mit benen bas Menschen-
geschlecht heimgesucht sei, unb er muß es wol glauben,
wenn er von einem Verstorbenen sagen hört: Dem thut
schon lange kein Zahn mehr wehe, unb wenn er ba unb
bort aus Volksmunb bie Sprichwörter hört: „Zähnepein ist große Pein" unb „Gesunber Zahn kaut Brob
zu Marzipan." Denn wenn ber Erzähler zu Rath
unb Trost einem Zähnekranken begegnete, bann mußten
wol ihre Schmerzen ganz ins Ungeheuerliche gehen,
benn ungeheuerlich waren bie Schilberungen, bie sie
von ihren Schmerzen machten. Was bie Weiblein lieber leiben wollten als Zahnwehe, bas sei verschwiegen,

wenn aber ein Mägblein sagte, es sei ihm in dem bösen
Zahn, als wenn eine Maus brinnen nach Lunge und
Leber wühle, und wenn ein Mann versicherte, es sei
ihm, als wenn ein Regiment Kosaken darin exerciere,
und ein anderer, er wolle lieber zehn Schwären in
voller Blüte haben, als eine Stunde Zahnschmerz, —
dann muß es wol wahr sein, daß „Zähnepein ist eine
große Pein", und daß es nimmer wahr ist, was das
Sprichwort dazu lügt: „Aber ohne Mann sein, ist noch
größere Pein." Darum kann ichs dem Bauer nicht
übel nehmen, der mit einem solchen bösen Zahn zum
Doctor gelaufen kam und den um Gottes willen bat,
er möge ihn von dem Unhold befreien. Denn heißts
auch: „Zähne und Habe verlaßen thut wehe", so ists
doch mit einem großen schnellen Schmerz geschehen, zu=
mal, wenn man, wie jener Patient, zum rechten Doctor
kommt, der mit der rechten Zange den rechten Griff
that, und husch, war der Missethäter heraus.

Der Bauer athmete erst schwer und dann leicht
und leichter und zog dann langsam den Beutel von
Leder, an dem der Schlüßel zum Wandschränkchen an
dem einen Riemen und der Pfeifenraumer eines Sä=
belchens von Messing hieng und sagte: Das war bald
geschehen, Herr Doctor, was bin ich schuldig? — Sechs
Batzen, sagte der Doctor. — Sechs Batzen? antwortete
der Bauer, das ist ja ein Taglohn und den hat er im
Handumwenden verdient! — Meint ihr? sagte der
Doctor. Ja, gab der Bauer zur Antwort, da war ich
erst bei Einem von Euresgleichen, der hat mich für
sechs Kreuzer eine Stunde lang an der Zange in der
Stube herumgeschleift und ihr fordert für eine Mi=
nute sechs Batzen? —

10*

Wie nun der Doctor mit dem Bauern fertig ge=
worden ist, ob er ihm den bösen Zahn wieder eingesetzt
oder als ein rechter Blaupfeifer das Zahnwehe auf
einen andern Zahn gewünscht, wie man das im schwar=
zen Raben und in andern Zauberbüchern lesen kann, —
davon erzählt die Geschichte nichts. Nur das lehrt sie:
„Gibt der Bauer, so sieht er sauer", und „nicht zu ge=
ben findet der Geizige allerweg Ursach."

e.

Der Erzähler hat erst spät gelernt, und ist doch
schon frühe in die Lebensschule gegangen, daß nicht Alle
krank sind, die Ach und Wehe schreien, und daß es
Menschen gibt, die über einen Riß in der Haut ein
Lamento aufschlagen, als wenn sie am Spieß steckten.
Bis man das hat rund gebracht und vor Mitleid und
Erbarmen nicht gleich mit aus der Haut fährt, und
einen Doctor nicht gleich für einen Cannibalen hält,
wenn er nicht mit seinem Patienten jammern will, da
muß man erst selbst eine Zeitlang in der Kreuzschule
ein= und ausgegangen sein, und gelernt haben: „Das
Kreuz gefaßt, ist halbe Last." Denn es gibt Viele, „die
mit dem Kreuz gehen, aber wenig Kreuzträger", und
„hinters Kreuz versteckt sich nicht selten der Teufel."
Der stachelt nicht allein die Verzäglichen und die La=
mentierer, daß sie nach dem Almosen eines wolfeilen
Mitleids lüstern sind, sondern der neigt auch zur Heu=
chelei, daß der Hinkende sich zu einem Lahmen, und der
Bauchbläsige sich zu einem Waßersüchtigen, und der
Schele sich zu einem Blinden verstellt. Und wenn die
Stunde des Verzagens vorüber gegangen ist und die
Angsthunde einen solchen Furchthasen verlaßen haben,

und er wieder anfängt zu athmen, dann merke einmal
Jemand Satans List in einem solchen Jammermenschen,
dann hat er weder etwas gelernt noch verlernt, son=
dern der ganze alte Mensch kommt wieder zum Vor=
schein, kurz, „am Lachen und Flennen ist der Narr zu
erkennen", und oft noch etwas viel Schlimmeres.

Das Alles fällt dem Erzähler ein, wenn er noch
des Kindes Israel gedenkt, das man eines Tages um
die Mittagszeit ins Haus eines Doctors nicht brachte,
sondern schleifte. Zwei Männer schleppten den Juden
daher, und seine Beine waren, als wären sie von Kaut=
schuk, denn sie brachen bei jedem Schritte zusammen,
er war blau im Gesicht und seine Augen lagen vor dem
Kopfe und stierten verzweiflungsvoll umher. Hinter
ihm drein kamen die Weiber gerannt, zerrauften sich
die Haare und schrieen: „Der Schmul muß ersticke, der
Schmul muß ersticke, er hat einen Knochen im Hals,
ein Knochen, ein Knochen, ein Knochen!" — Der Doc=
tor gerieth auch nicht einen Augenblick aus der Fassung,
er hieß den Patienten auf einen Stuhl setzen und langte
aus seinem Schranke ein Stäbchen von Fischbein, das
schon mehrmals zu diesem Experiment gedient haben
mochte, und fieng an in den Hals des Juden zu stoßen,
wie etwa der Pumpenmacher thut, wenn das Werk sich
verstopft hat. Anfangs wurde der Jude noch blauer
im Gesicht, dann aber plötzlich roth, dann bekamen die
Augen wieder den alten Blick, und wie das Stäbchen
aus seinem Munde heraus ist, dreht er sich nach der
Frau des Doctors um, und sagt: „Brauche Sie kein
Lebkuche, Frau Doctern?" —

Wer über das Kind Israels lacht, daß es nur ein
Ding fürchtete, den Tod, und nur eins liebte, den

Schacher, und daß beide sich in sein Herz so getheilt
hatten, daß kein Raum mehr darinnen war für ein
Drittes, für den Dank gegen Gott, der wolle beden=
ken, daß einmal Einer einen Menschen im Waßer mit
dem Tode kämpfen sah, der kein Jude, sondern ein
christlicher Weinreisender war, an dem sich wahrschein=
lich das mißbrauchte Waßer rächen wollte. Und wie
er dem Ertrinkenden aus dem naßen Grab geholfen
und ihn auf seine Beine gestellt hatte, da griff der
dienstgetreue Commis in seine Rocktasche, überreichte
seinem Retter eine Karte und sagte: Ich empfehle mich
zur geneigten Berücksichtigung, ich mache für Stieglitz
und Comp. in Wein!"

„Denn Handel und Wandel leidet keine Freund=
schaft", auch die nicht gegen den lieben Gott.

––––––––––

12.

„Aus einem Schlecker wird ein armer Lecker."

Es steht am Sonntag Morgen, als es das zweite
Kirchenzeichen läutet, eine Mutter an dem Herbe und
kocht Hirsebrei. Sie sputet sich, so viel sie kann, denn
sie will noch zur Kirche fertig werden und das Feuer
will nicht brennen, und ihr Junge ist ihr überall im
Wege. Steht sie rechts, so steht er auch rechts, und
schaut in den Kroppen hinein und labt sich an dem
süßen Hauch seiner Lieblingsspeise, und kaut dazu an
einem gewaltigen Stück Brod, denn er war just in dem
Alter, wo die Buben allzeit Hunger haben. Endlich

brennt das Feuer und der Brei kocht; er wird von der
Mutter vom Feuer gehoben und in die Schüßel ge=
schüttet, und wieder ist der Kopf des Buben in der
Nähe, denn der kann sich nicht satt riechen. Aber jetzt
geschieht erst das Wunder mit der Sonntagsspeise. Die
Mutter holt die Zuckerdose und ein Dütchen mit Zimmt,
und bestreut den Brei, und nun erst merkt der Junge
recht, daß es Sonntag sei, und schlürft mit Wolgefal=
len den süßen Duft in seine Nase. Dann verdeckt die
Mutter die Schüßel sorgsam, schlägt ein Tuch darum
und stellt die Kostbarkeit ins Bett, damit sie warm
bleibe bis zum Ausgang aus der Kirche. Dann geht
Alles aus dem Hause zur Kirche, das Büblein aber
läßt man daheim, das Haus zu hüten.

Der Bube geht auf und ab vor dem Bette, wie
ein Knappe, der seine erste Ritterwacht vor einem Hei=
ligenschrein oder vor dem Söller seiner Gebieterin zu
thun hat, und zeigt sich der Phylax in der Stube oder
ein vorwitzig Huhn, gleich wird es unter Schelten da=
von gejagt, und bald darauf das Bett aufgedeckt, um
zu sehen, ob der Schatz auch keinen Schaden gelitten
habe. Noch steht die Schüßel unversehrt da in der
schützenden Umhüllung und warm ist sie auch noch, da=
von überzeugt ihn sein Gefühl. „Aber Vorsicht schadet
nicht“, denkt er; „es könnten ja unsichtbare Nascher sich
an dem Brei vergriffen haben, du willst einmal nach=
sehen, ob er noch in der alten Verfaßung ist.“ Gesagt,
gethan; er schlägt das Tuch auseinander, er hebt den
Deckel von der Schüßel, und ein Wolgeruch strömt
ihm entgegen, daß er schmunzelte vor Behagen. Er
tupft mit dem kleinen Finger darauf, — wieder ein
Wunder, der Brei hat eine Haut gezogen so dicht und

süß wie nie. Er tupft noch einmal, die Rinde bricht und der abgeleckte Finger schmeckt zuckersüß. Da bohrt er noch ein zweites und ein drittes Loch in die Rinde; dann nimmt er zwei Finger und endlich drei und die ganze Haut ist endlich abgezogen und wird von ihm verspeist.

„Nun Hirsebei häut dich wieder", sagt er und deckt den Deckel darauf, hüllt ihn auch warm ein.

Wenn es ihm Zeit scheint, daß die Leute bald heim kommen, da denkt er, ich will doch einmal nach dem Brei sehen, ob er sich gehäutet hat, und er deckt die Schüßel auf. Aber der Brei hatte keine neue Haut gezogen, er sah weiß und verlegen aus. Weiß und verlegen ward auch der Bube darob, und wie man eben Vaterunser von dem Thurm läutete, da klang ihm die Glocke wie der Mutter Stimme, wenn sie zum Stocke griff, er fieng an zu heulen und rief: „Ach Hirsebrei, Hirsebrei, häut dich! Ach häut dich doch!" — Der Hirsebrei war aber kein Tischchen deck dich; er hat sich nicht gehäutet, wol aber hat des Buben Rücken etwas bekommen, das schmeckte schwerlich nach Zucker und Zimmt.

Wär das nun die ganze Moral von der Geschichte, so wär sie sehr hausbacken. Ich glaube aber, es steckt viel mehr dahinter. Mutter Natur kocht ihren Kindern manchen süßen Brei und deckt ihn noch eine Zeitlang zu und will ihn erst dann genoßen haben, wenn ihre Kinder zuvor dem HErrn der Natur die Ehre gegeben und ein gläubig Vaterunser darüber gebetet haben. Nun aber gibts Vorwitzige und Schnäuper, die gehen über die Schüßeln, ehe sie ein Recht haben, und eßen das Süße herunter. Und tönt ihnen endlich die Vaterunserglocke ins Ohr und ins Gewißen, wenn es zu spät ist, dann möchten sie den Schaden ungeschehen machen und können nicht, und die Angst überfällt sie wie ein gewappneter Mann.

„Darum, mein Kind, so prüfe, was Leib und Seele gesund ist, und was ihnen ungesund ist, das gib ihnen nicht!" —

13.

„Zwischen der Suppe und dem Mund kann sich Vieles ereignen."

Wenn Gott will und ein Mensch soll gespeist wer=den zur Zeit der Hungersnoth, dann macht er wol auch die Raben zu seinen Speisemeistern, wie es mit Elias geschah am Bache Crith. Und wenn die Kinder nach Brod rufen, wie dort in der verschütteten Senn=hütte, und der Hungertod stiert als ein schreckliches Gespenst in die Dunkelheit der Schneenacht und der Verzweiflung hinein; dann läßt derselbe reiche HErr, der den Elias speiste, wol auch ein Gemslein durch den Schornstein herabfallen zur schnellen Kürzung des Hungers. Sonst aber fällt nichts durch den Schorn=stein, als höchstens der Ruß in die Suppe, und Käse und Butter wirft bisweilen der feurige Drache, wenn er durch die Luft fährt, den Weibern in den Topf, die, wie meine alte Nachbarin sagt, einen Bund haben mit dem Bösen und also von ihm gelohnt werden. Davon möchte ich aber nichts eßen, denn die schmecken sicher nach der höllischen Küche, wo mit Schwefel geheizt wird.

Ist aber nicht manches Menschenherz drauf und dran,
mit dem Bösen einen Bund einzugehen, zumal wenn es
sorgt, und sich grämt, und den Nachbar beneidet, und
sich ärgert, daß morgen Sonntag sei und kein Fleisch
im Hause. Also sah es an einem Samstag in dem
Herzen der Ursel aus, die mit ihrem Manne, dem Hanpeter, in dem kleinen Häuschen dort am Berge just am
Ende des Dorfes wohnte. Die hatte den Kroppen mit
Mehlsuppe über das Feuer gehängt und Schmalz und
Salz hineingethan, und bei sich selber gedacht: „Heut
ists Samstag, nun gut, da laß ich mir die Mehlsuppe
zum Abend gefallen, aber morgen ists Sonntag und ist
kein Loth Fleisch im Haus. Das Dörrfleisch ist gegeßen, und Grünfleisch, du lieber Gott, wer gibt uns
armen Leuten ein Stück frischen Speck, oder sonst ein
Brätlein in den Topf zum Sonntag?“ Und sie dachte
sich hinein in den schweren Gedanken und kam tiefer
und tiefer hinein, und machte unserm HErrgott eine
ellenlange Rechnung und schalt über die Nachbarin, die
heute ein fettes Stück Fleisch aus der Stadt geholt
und es recht zur Schau getragen, nur daß sie sich
darüber ärgern solle, aus keinem andern Grunde. Und
wie sie so recht ingrimmig warb, da kam ihr auch noch
ihr Mann, der Hanpeter, mit so einer dummen Frage
in die Quer, und sie trumpfte ihn tüchtig ab, und der
Mann schalt, und die Frau blies ins Feuer, daß die
Funken flogen und schalt auch, und die Suppe kochte
über, und über dem Häuschen auf dem Berge hörte
man Rufen und Hundebellen und Schießen, gleich als
wäre es das Echo von der wilden Jagd in dem kleinen Häuschen. Das Getümmel aber in dem Hohlweg
galt einem armen Hasen. Den hatten die Hunde vom

Berge herabgetrieben und der Langohr wußte nicht wo=
hin er sich wenden sollte, denn oben und unten stunden
die Schützen und die Schrote fuhren um ihn her wie
Hagel. Da that der Hase einen verzweifelten Sprung,
wie er meinte, einen Berg hinauf, aber eigentlich aufs
Dach, unter dem die Ursel und der Hanpeter Sorgen=
jagd hielten, und als er oben ein Loch fand, da meinte
er in einen Dachsbau gefallen zu sein und stürzte
sich hinab. Die streitenden Eheleute hören kaum das
Gepolter, so fuhr eine Hase durch den Schornstein
herab und gerade in die Suppe hinein, daß sie hoch
übersprudelte und das Feuer unter dem Kroppen zischend
dampfte. Der gewünschte Sonntagsbraten zappelte noch
ein wenig und verendete dann in der Suppe. Jubelnd
stürzten die Jäger ins Haus, nach ihrer Beute zu
sehen, und fanden die Ursel und den Hanpeter, wie sie
mit offenem Maule das Sonntagsfleisch iu der Suppe
anstarrten.

Item, das Ehepaar durfte den Hasen behalten,
und hat ihn wirklich am Sonntag verspeist, ob die
Fleischbrühe auch, das weiß ich nicht. Nur das weiß
ich: Unser HErrgott läßt manchmal auch einen Hasen
durch den Schornstein in den Kroppen fallen, um dem
thränenreichen Sorgenvollen zu zeigen, daß er auch
noch Wunder thun könne, wenn er wolle; daß sie
aber viel beßer thäten, sie äßen ihre Mehlsuppe mit
einem fröhlichen Helfgott, als daß ihre Sorgen sie
Hasenhaare darin finden ließen.

14.

„Sparſam, ſparſam! ſagte Hans Hungerleider und machte aus einem Schwefelſpan drei."

„Jedem ein Ei, dem frommen Schweppermann zwei", ſo hats geheißen, als nach der Schlacht bei Mühlberg dem General und ſeinen Soldaten der Tiſch gedeckt ward. Nun, es mag damals geſchehen ſein, daß manchem Soldaten nach der ſauren Kriegsarbeit auf das eine Ei etliche Därme wüſt mußten liegen bleiben, und iſt doch ſonſt wol auch Manchem, der Hunger hat, ein Ei einſtweilen ein willkommenes Magenpflaſter, bis zur geſegneten Mahlzeit am vollen Mittagstiſch. Wenn aber, wie bei der Pfarrfrau zu Hungerau, eine geſeg= nete Mahlzeit zu den verbotenen Wünſchen gehört, wie heut zu Tage in nobler Geſellſchaft das Proſitwünſchen nach dem Nießen, dann wehe den Knechten und Mäg= den, die, wie der fromme Schweppermann, des Hauſes Wolfahrt in allerlei Schlachten und Treffen in Feld und Stall erkämpfen halfen, und doch Tag für Tag den Hungerriemen brauchen konnten, von wegen ſchmalen Bißen und bellendem Magen. Denn die Pfarrfrau von Hungerau hatte keine Kinder, die ſie im Alter hätten nähren und ſatt machen können, darum mußte ſie einen Nothpfennig ſammeln, damit es ihr und ihrem Alten nicht an Alterstroſt fehle. Darum ſpann ſie gerne im Mondſchein, hielt ihren Hühnern keinen Hahn, und machte Backwellen aus den Birnſtielen. Machte ſie dem Geſinde ſchon Werktags die Suppe ſo dünn, daß man

auch mit dem besten Vergrößerungsglas kein Fettauge
darauf hätte finden können, und schnitt sie ihm die
Brodscheiben so kunstreich zu, daß man hätte durch die
Löchlein eine Sonnenfinsternis nach Bequemlichkeit be=
obachten können; so hielt sie die Sonntagsfütterung
geradezu für unverantwortlichen Luxus, und meinte, so
ein Ruhetag nähre schon an sich genug, und ein gesun=
der Schlaf am Sonntag sei grausam sättigend. Darum
stellte sie einst am Sonntag Abend nur ein ganz klei=
nes Töpfchen auf die Kohlen und füllte es mit reinem
Brunnenwaßer.   Und als es lustig aufkochte, da legte
sie behutsam zwei Eier hinein, zählte hundert, und fer=
tig war das Abendeßen. Von den Eiern war eins für
sie und ihren Alten, und eins für die Magd und den
Knecht.   Wie sie aber am Abendtisch sitzen, der Pfarrer
von Hungerau und sein Weib, und jedes von ihnen
das halbe Ei erst andächtig beschaut und Schnittchen
vor Schnittchen in's Salzfaß tunkt, und unter Weh=
muth und Wolluft verzehrt, da stürmt die Magd herein
und schreit: „Frau Pfarrerin, der Knecht hat das Ei
ganz gefreßen!"

Dem Pfarrer entsank vor Schrecken der Rest seines
Abendbrodes und mit verzweifelter Stimme ruft er:
„Platzt er, so platzt er!"

Ob der Knecht an dem einen Ei geplatzt ist, das
lasse ich dahin gestellt, sintemal die Vogel Strauße bis
dato noch nicht in unsere Hühnerställe legen; aber das
kann ich verbürgen, daß der Geldsack der Frau Pfarrer
von Hungerau noch vor der Zeit geplatzt ist, und daß
lachende Erben keine Eier dafür geschmauft haben, son=
dern Straßburger Gänseleberpasteten, und haben Bur=

gunber bazu getrunken, weil ein solches Genasch Durst macht. Darum merke:

„Der Geiz ist wie ein Pferd,
Das Wasser säuft und Wein fährt.“

15.

„Duck dich, laß vorüber gan,
Das Wetter will seinen Willen han.“

Es hat einmal im Hessenland ein Städtchen ge=
legen, und ich glaube, es steht noch, darin war man mit
dem lieben Gott nie einig. Ließ er regnen, so wollte
die Frau Schultheißin Wasch trocknen, und ließ er die
Sonne scheinen, so brauchte Einer aus dem Rathe Re=
gen für seinen Krautlappen *). Und war der befriedigt,
und der Wind wehte auf Gottes Geheiß und trocknete
das Erdreich und kühlte die Luft, dann hatte der Rath=
schreiber Zahnwehe, und der Bettelvogt wetterte, und
bekam das Zipperlein vor der Zeit in so schwerem
Dienst auf den zugigen Gassen hinter den Bettelleuten
her. Ob der Geißhirte aber mit trockenem Kittel heim
kam oder in der Hitze des Tages seinen Näschern durch
Gestrüpp und Dornen nachjagen mußte, sintemal die
Geisenhut die schwerste auf Gottes Erdboden ist, das
kam gar nicht in Betracht, und doch meinte der Geis=
hirt, er wäre gleichsam auch ein Mensch. Das glaubte
ihm im Städtlein nicht Jedermann, am wenigsten Jede=
frau, denn der Geißhirt war dem schönen Geschlecht
sehr unleiblich, weil er nie versäumte, auch ungefragt
den Wetterpropheten zu machen. Wenn er Abends heim

*) Pflanzenland.

trieb, dann holte er gleichsam nach, was er den Tag
über versäumt hatte, und sagte z. E. zu der Frau
Schultheißin: „Morgen zum Frühstück haben wir Re=
gen, denn warum? mein Bock hat den Schwanz gegen
den Wind gedreht, — Frau Schnapperin, ehe eine
Stunde vergeht, haben wir Donnerwetter, eure Geis
hat die Beine auseinander gestreckt wie ein Melkstuhl,
das bedeutet ein Wetter!" — „Frau Kreuzbein, habt
ihr Lackveiglein oder Rosmarin auf dem Fensterbretr,
so thut sie zeitig herein, es wird zur Nacht stark win=
den, warum? eure Geis hat Hollunderblätter gefressen,
das thut sie nur wider den bösen Wind." — „Laub=
frosch, Nachteule, Todtenvogel", schrie die empörte Frau
Kreuzbein hinter dem Hirten drein, „kannst du Wetter
machen, so probier einmal deine Kunst und laß drei Tage
lang auf meinen Krautlappen regnen, verstehst du mich!"

Und es fieng an zu regnen, als wenn man mit Kü=
beln herabschüttete, und der Frau Kreuzbein Krautlappen
ward wie ein wollener Strumpf durch's Waßer gezo=
gen, und auch die übrigen Lappen und Läppchen um
das Städtchen her wurden sattsam getränkt, und die
Weiber stunden an den Fenstern und schauten hinaus,
von Stunde zu Stunde, drei ganzer Tage, ob es nicht
bald am Himmel blaulappte *). Und da es nicht wollte
und nicht wollte, so schalten sie ihre Männer und die
brummten entgegen, kurz, es war Regenwetter im Städt=
lein, drinnen und draußen.

Da hörte man im Plätschern des Regens die Schelle
des Rathhausdieners, der zog durch die Straßen mit
gebücktem Haupte und von seinem Dreimaster tänbelte

---

*) Der Himmel sich aufklärte.

der Regen herab und sein Mantel war wie der Schweif eines begoßenen Hundes, und so rief er die Herren vom Rath zusammen. Die kamen auch bald; der Eine unter einem Familiendach von Regenschirm, der Zweite mit einem Kartoffelsack auf dem Haupt in Form einer Capuzinerkutte, der Dritte unter einem Dreieck mit sehr breiter Krämpe. Da saßen sie, um zu berathen, was zu thun sei. Einer schlug auf den Rath seiner Frau vor, man solle dem Geisenhirten den Proceß machen, denn könne der prophezeien, so könne er auch hexen, und das dürfe nicht geduldet werden. Aber der Vorschlag wurde als nicht zeitgemäß verworfen. Der zweite, einen Fasttag auszurufen, gieng auch nicht durch, denn, meinten Einige, wie man denn die Regentage herum bringen wolle, wenn man nicht eße und trinke, von den Kindern gar nicht zu reden. Endlich traf Einer das Rechte: „Sie wollten noch drei Tage warten, und halte dann der Regen immer noch an, dann wollten sie weiter berathen, was zu thun sei. Aber gethan müße etwas werden, das sei beschloßen."

Was aber? bücken, schicken, drücken; „denn Gott kann nicht wittern, daß es Jedem gefällt, sonst kann er Alles."

16.

„Wer den Teufel geladen hat, der muß ihm auch Arbeit geben."

Es sagt einer unsrer Poeten, und legt das Wort einem Capuziner in den Mund, der zu Soldaten redet, daß man zu einem Helfgott! den Mund nicht weiter aufzuthun braucht, als zu einem Kreuzsakerlot! Damit

will er die Flucher treffen. Und von den Schwörern
sagt er, wenn nach jedem Schwur ihnen ein Haar aus=
fiele von ihrem Kopf, so wäre er bald kahl und ge=
schoren, und wenn er auch so dick sei als Absalons Zopf.
Wenn nun der Pater Capuciner heut zu Tage dieselbe
Predigt zu halten hätte, ich glaube, er würde zwar auch
auf den Exercierplätzen und in der Wachtstube den An=
fang machen, dann aber würde er sich tummeln, daß er
auch zu den Förstern, Eisenbahnconducteuren und zu
allen den Menschenkindern käme, die heut zu Tage Uni=
form tragen und starke Schnauzbärte haben, denn so
ein Schnauzbart hat nothwendig den Fluch im Gefolge,
wie der Blitz den Donner. Dürft ich aber die Flucher
und Schwörer dem Capuciner in die Predigt treiben,
ich bliebe nicht allein bei den Schnauzbärten stehen, son=
dern ich gienge auch zu denen, die von Natur aus kei=
nen haben, zu den Weibsleuten, wenn sie hinter ihren
Rangen drein wettern, und zu den Bauern, wenn sie
ihr Zugvieh antreiben wollen und ihnen die Peitsche
nicht mehr schickt, und zu jenem Schäfer, der ein so
gewaltiger Held im Schwören war, daß er, an unsern
HErrgott erinnert, sagte: „Ich leugnes ihm um die
Hälfte!" Daß aber auch unter dem zahmen Menschen=
volk, den Gevattern Schneidern und Handschuhmachern,
sich so absonderliche Teufelscitierer finden, das zeigt
uns jener Weber, der mit seinem neugefertigten Stück
Tuch in ein Haus einrückte und mit großer Seelenruhe
zusah, wie die Hausfrau das Tuch maß, und die Ellen=
zahl mit den gegebenen Pfunden Garn verglich, und
dazu den Kopf schüttelte, und dann noch einmal maß,
und noch einmal rechnete und dann sagte: „Meister
Weber, es will mich bedünken, als wenn Ihr etliche

Stränge vergeßen hättet, da hineinzuweben; sind Euch
vielleicht die Mäuse unter das Garn gerathen, oder
habt ihr etliche Zahlen zu spulen vergeßen?" Der
Weber sah erst das Tuch, dann die Elle an, ob sie
auch das Landesmaß habe, und dann die Frau, die
ihm so Ungeheuerliches zumuthe, hob dann aus tiefster
Brust den Athem eines Schwergekränkten, und sagte:
„So soll mir doch das Hemd sogleich auf dem Leibe
verbrennen, wenn ich einen Faden von dem Garn zu=
rückbehalten habe!" Die Hausfrau sagte nichts dazu
und schüttelte nur mit dem Kopf und stund da und
sah ihr knappes Stück Tuch an, aber auf ein Wunder
wartete sie nicht.

Da ward plötzlich der Weber blaß wie sein Tuch,
er begann zu seufzen und zu stöhnen, er fuhr mit der
rechten Hand nach der linken Seite seiner Brust, als
wenn er dort einen gewaltigen Schmerz fühle, und zum
Entsetzen der Frau fiengen die Kleider des Webers an
zu dampfen, und der geängstete Mann stöhnte: „Drei
Pfund zu wenig." Item, der Weber war ein Raucher
und hatte vor der Thüre aus Respect die brennende
Pfeife aus dem Munde genommen und neben den Zünd=
schwamm gesteckt, und so war ihm der brennende
Schwamm zum Gottesurtheil geworden.

Hier nahm unser HErrgott einen Schwörer in schnelle
Zucht, aber mit etlichen dieser bösen Zunft hat er eine
solche Himmelsgeduld, daß sie mit grauen Haaren noch
sein Gericht herausfordern. Für die besonders steht im
Hebräerbrief am Zehnten geschrieben: „Sondern ein
schreckliches Warten des Gerichts und des Feuereifers,
der die Widerwärtigen verzehren wird."

────────

17.

„Wie man dich grüßt, so sollst du danken."

„Ja so ein brennender Sack", sagt des Erzählers
Gevatter, „ist eine schlimme Sache, zumal für einen
Tabaksraucher, der die alte gute Sitte von Zunder,
Stahl und Stein noch hat, und kann einem doch so
leicht passieren." „Aber, Gevatter, da fällt mir eine ähn=
liche Geschichte ein, die muß ich Euch doch auch erzäh=
len." „Heraus damit", sag ich, „das ist ja gerade das
Schönste in einem Gesprächspiel, daß, wie einer seine
Pfeife an der des andern ansteckt, die Histörchen sich
aneinander entzünden. Erzählt Einer aus dem Kreiße
der Gevatter und Collegen, wie die Griesheimer wei=
land dem Landgrafen einen Kukuk statt eines Papa=
geis gebracht, und auf dessen Verlangen das Nest,
den Wald, mit drein geschenkt hätten, so fällt einem
Zweiten ein, daß die Schwarzenbörner einmal den Ge=
meindebrunnen in der Weise geputzt, daß der Schultheiß
sich an eine Stange gehängt, die quer über dem Brun=
nenrand gelegen, und an des Schultheißen Beine ein
zweiter und ein dritter Schwarzenbörner und so fort
und fort bis zum Waßerspiegel, und daß der Schult=
heiß denen unter ihm zugerufen, sie sollten einmal ein
wenig aufpaßen, er wolle nur einmal in die Hand
spucken, und wie dann die ganze Kette hinab in den
Brunnen gefallen sei. Und weil dann Witzenhausen nicht
weit von Schwarzenborn, und Bensheim nicht weit von
Griesheim liegt, und an beiden Orten ein fürtrefflicher
Wein wächst, so denkt Einer an den Strumpfwein, der
der Hausfrau das mühsame Stopfen spart, und Einer

an den Dreimännerwein, zu dessen Trunk drei gehören,
ein Trinker, ein Halter und ein Einschütter, und ein
Dritter an den Schulwein, mit dem man die Schwän=
zer in die Schule treibt, und ein Vierter gar an den
Fahnenwein, von dem ein Tropfen auf die Fahne ge=
schüttet, das ganze Regiment zusammenzieht. Da aber
der Fahnenwein gar zu stark war, daß der Erzähler
fürchtete, er möge, wie der Bensheimer Ausbruch vom
Jahr 1857, alle Flaschen sprengen, so lenkt er wieder
zu dem brennenden Sack um und sagt: „Gevatter, wie
war die andere Geschichte?"

„So war sie", sagt der Gevatter. „Aber wie macht
ihr es denn, wenn Ihr im Postwagen oder meinetwegen
auf der Eisenbahn sitzet, und es sitzt Euch gegenüber ein
Menschenkind, das erst seine Vorräthe aus allen Taschen
verspeist, und dann eine Cigarre anbrennt, die ihm
zehnmal wieder ausgeht, und dann siebenmal gähnt, als
wolle er Euch verschlingen und Euch nicht aus dem Auge
läßt, als zähle er alle Knöpfe an Eurem Rock und alle
Sommerflecken auf Eurem Angesicht, und dann auf sei=
nem Sitz umherrutscht als hätte er Nesseln und Hecken=
dörner unter sich und endlich herausplatzt und sagt:
„Um Vergebung zu fragen, ich meine, ich müßte Ihnen
kennen, sind sie nicht der Herr Verwalter Stelzbein von
Heuhausen und reisen nach Dachsberg; verzeihen Sie,
Sie kommen mir so bekannt vor?" — Da sagt Einer
der Collegen: „Ich sage nein, schneide dem Kerl ein
Gesicht und halte das Maul;" und ein Zweiter sagt:
„Ich stelle mich, als wäre ich taub oder thue als ver=
stünde ich kein Deutsch, sondern ich sei ein reisender
Engländer." Der Gevatter aber sagt: „Ich mache
mein freundlichstes Gesicht und sage: Danke der Nach=

frage; habe zwar nicht das Vergnügen des Herrn werthe
Bekanntschaft früher gemacht zu haben, bin aber der
und der, komme von da und da und reise daher und
dahin, will einem Freunde einen Buben aus der Taufe
heben, und verbinde damit Naturforschung und Men=
schenkenntnis!" Dann sagt der Frager höchstens noch:
„eine schöne Sache um die Menschenkenntnis" und
schweigt von da an stille. „Gut gemacht", sagte der
Gevatter, „wer es nur auch so machen könnte, aber
es kommt Alles auf Wind und Wetter und auf die
Verdauung dabei an. Nun, die scheint auch bei einem
Reisenden, von dem ich erzählen will, nicht ganz in
Ordnung gewesen zu sein trotz der brennenden Pfeife,
mit der er sich in seinen Eckplatz lehnte und von
Zeit zu Zeit einen Blick auf seinen Gegenüber warf,
als wolle er ihm für die ganze Reise den Mund stopfen.
Der aber schien das Kreuzfeuer seiner Blicke nicht zu
achten, sondern er rutschte verdächtig auf seinem Sitz
umher, bog sich bald vor und bald zurück, ließ den
Athem bald aus und bald verschluckte er ihn wieder
und platzte endlich heraus mit der Frage: „Um Ver=
gebung, wie heißen der Herr?" Der Herr knurrte einige
Worte, die so viel sagen wollten, als: „Laßt mir meine
Ruhe!" und hüllte sich in eine Wolke von Tabaksdampf,
als hätte er es mit einer Biene, Mücke oder Schnake
zu thun. Der Frager ward darob roth im Angesicht,
wischte sich den Schweiß von der Stirne und sagte:
„Der Herr sind, wie es scheint, kein Freund vom Dis=
curieren, aber einen Namen hat der Herr doch gewiß
und wird sein wie anderer ehrlichen Leute Namen auch,
daß man ihn nicht braucht mit der Elle auszumessen;
um Vergebung wie heißen der Herr?" Dem Fremden

kam der Ärger in die unrechte Kehle, er bekam den
Husten, riß das Wagenfenster herunter und entledigte
sich etwas unsanft dessen, was ihn drückte. Dann sank
er wieder in seinen Eckplatz zurück. Der Frager schien
nun jeden Versuch aufgeben zu wollen; er kreuzte die
Arme über die Brust, schloß die Augen und versuchte
zu schlafen; doch plötzlich fuhr er wieder auf und schrie:
„Um Gotteswillen, Herr—r—r! wie heißen Sie?" —
Ins Teufelsnamen Krautheim heiß ich, daß Ihrs nur
wißt, Ihr Wickelschwanz und Bultegel!" schrie der Fremde
und fuhr auf. „Danke für die Ehre", entgegnete
der Frager ruhig, „Herr Krautheim, Ihr Sack brennt!"
„Und das sagt Ihr mir jetzt erst?" schrie noch lauter
der Fremde und riß seine Kleider auf. „Was soll ich
sagen, wenn ich nicht wußt, wie ich Sie sollt tituliere",
war des Juden Antwort.

„Item", sagt der Gevatter, „wer thut nun am
klügsten, gewiß der es macht wie ich und hübsch Red
und Antwort gibt. Denn Christ oder Jude, „wenn
man dich grüßt, so sollst du danken", und „Grobheit
und Stolz wachsen auf einem Holz."

18.

„Wo die Löwenhaut nicht ausreicht, da knüpft man den Fuchspelz daran."

„Gevatter", sagt der Erzähler, „deine Auslegung
vom brennenden Sack und von dem höflichen Juden
war gut, aber es kommt eben, wie man sagt, auf die
Auslegung an. Mir will es bedünken, als wenn auch
ein gut Stück Schalkheit dahinter stecke, und gibt unter

dem Völklein, das sich heut zu Tage auf den Eisenbahnen und im Handel und Wandel umhertreibt, eine ziemliche Zahl, bei denen man gar nicht weiß, wo der Ernst aufhört und wo der Schalk anfängt. Denn der Schalk steckt unserem Volk im Herzen, je dümmer und unbeholfener es sich stellt, und die Eulenspiegelsnatur verleugnet sich keinen Augenblick. Zumal steckt so ein Handelsjude so voller Mucken wie ein Pelz voll Flöhe. Gehetzt mit allen Hunden, gerieben und getrieben wie ein Mühlstein, nie ruhig, stets überlegend wie und wo ein Handel zu machen, ein Geschäftchen zu betreiben, ein Dummer zu betrügen und ein Trotziger zu fangen sei, wird auch der Einfältigste in allen Listen neunfältig. So hab ich einen gekannt, der war der Schrecken Aller, die etwas zu kaufen und zu verkaufen hatten, denn er wußte die, so gerne wo anders Markt gehalten hätten, zu zwingen, daß sie mit ihm handelten, und die, so kaufen wollten, so lange zu peinigen, bis sie bei ihm zu Markte giengen. Dabei sah man ihn an jedem Amtstage klagend bei Amt, und die Herren vom Gericht mußten dem Afrom in all seinen Winkelzügen helfen, sie mochten wollen oder nicht, denn List gieng bei ihm gegen List, und was er zwischen dem Daumen und dem Zeigefinger hatte, das war gepackt, es mochte zappeln, wie es wollte. Da beschloß der Amtmann, dem Afrom einmal einen Possen zu spielen, und ob er gleich früh kam am Morgen, daß er bald seine Sache anbringen und dann dem Handel wieder nachgehen könne, so nahm ihn der Amtmann doch nicht zu Protokoll, sondern er ließ ihn stehen und warten von Stunde zu Stunde, einen ganzen Tag lang. Und der Tag war dazu ein Freitag und vor Beginn der Sab=

bathzeit mußte der Jude heim. Das wußten beide, der
Amtmann und der Afrom. Ohne zu ermüden und
zu klagen hielt der Jude aus; dreimal that er einen
Anlauf auf die Thüre der Amtsstube, dreimal klopfte
er an, rief sich selbst ein vernehmliches „Herein" zu und
ließ sich unsanft zurückweisen; dreimal bat er den Amts=
diener unter nahmhafter Versicherung der Dankbar=
keit um ein gutes Wort bei dem Herrn Amtmann; aber
Alles umsonst. Da nahte der Abend, er mußte heim;
was thun? Er stellte sich vor des Amtmanns Thüre
und begann zu pfeifen, ein Stücklein hinter dem an=
dern drein, so laut und vernehmlich, so anhaltend und
durchdringend, daß der Amtmann endlich die Schelle
zog und dem Amtsdiener befahl, den unverschämten
Menschen hereinzuführen und vor den Richtertisch zu
stellen. Das geschah, und der Amtmann schrie ihn an
und fragte, wie er die Unverschämtheit haben könne,
vor der Amtsthüre zu pfeifen? „Verzeihen Sie, Herr
Amtmann", sagte der Jude mit der größten Ruhe, „ich
hab gelernt, daß man muß **pfiffig** sein."

Der Amtmann lachte und half dem Juden von
seinem Anliegen.

Drum sag ich, Gevatter: „List geht über Gewalt"
und „wer einen Schalk fangen will, der muß einen
Schalk hinter die Thüre stellen;" denn „je ärger Schalk.
je größer Glück." —

19

„Schlägst du mir meinen Juden, so schlag ich dir deinen."

„Richtig", fährt der Gevatter fort „dahin gehören noch zwei Stücklein, das erste handelt auch von einem Juden, der in der Klemme war, wie der Marder in der Falle, und das zweite von zwei Kutschern, die viel Trinkgelder brauchten, weil sie viel Durst hatten."

Mit dem ersten Stücklein verhielt sichs also:

Wenn ein Volk seinem Gott dient, da soll man hübsch am Wege stehen bleiben, denn „dem lieben Gotte weich nicht aus, triffst du ihn auf dem Wege", und wie es ihm auch dienen möge, dazu soll man kein spöttisch und kein sauer Gesicht machen, sondern man soll sein Haupt entblößen, und wenns verlangt wird, auch die Kniee beugen und ein andächtig Vaterunser mitbeten, wenn man es anders gelernt hat. Nun, es gieng ein Jude seinem Handel nach und wollte mir nichts dir nichts durch eine Procession hindurch ohne Stillstand und Kappabthun. Das verdroß Etliche, die bei solchen Gelegenheiten immer hinten drein kommen, man weiß nicht recht, ob aus Andacht oder aus Langeweile. Die nahmen den Juden aufs Korn, und während ihm einer die Kappe vom Kopf riß, gab ihm der andere mehrere Püffe ins Genick, und der dritte, der wahrscheinlich an Händen gelähmt war, erhob das rechte Bein als Stoßwaffe. Da in seiner Angst schrie der Jude: „Was schlagt ihr mich? Ich bin ein lutherischer Jud." Ich meine fast, der Jude habe so dumm nicht geantwortet, wie es anfangs scheint. Er war unter Lutheranern aufgewachsen von dem Schlag, die mit unſerm HErrgott umgehen, wie mit Ihresgleichen, und die nur ſoviel Gottesdienſt haben, um den HErrn Himmels und der Erde bei guter Laune zu erhalten. Ich glaube, es nennt ſich dieſes Völklein Vernunftgläu=bige. Wenn nun ein Jude denen ihren Heiland be=lächelt, ihre Sacramente verunehrt oder ihren Sonntag nimmt, ſo lächeln ſie als große Geiſter darüber, denn für ſolche Güter einzuſtehen, dünkt ihnen eine geringe Heldenthat. Unſer Heiland iſt zwar anderer Meinung und nennt das Verleugnung; aber der hat ja im Rathe der Kinder dieſer Welt keine Stimme, wol aber Ju=den und Judengenoßen.

Und nun das andere Stücklein:

Es waren einmal zwei Handelsleute, von denen wohnte der eine in Thalergut, der andere in Handels=frei. Der in Handelsfrei trieb am liebſten ſeinen Han=del in Thalergut, und der in Thalergut hatte eine be=ſondere Vorliebe für Handelsfrei, und da ſie ſchon etwas gemacht hatten, ſo brauchten ſie den Weg nicht unter die Beine zu nehmen, ſondern ſie ließen ſich zu größerer Bequemlichkeit hin= und herfahren, kamen auch auf dieſe Art ſchneller an's Geſchäft, und dachten wie jener Holzhacker in Thalergut: „Zeit iſt Geld", und ſetzte ſich mit Sägebock und Beil in einen Fiaker. Alſo die Handelsleute vergaßen nichts bei ihren täglichen Fahrten, als nur das Eine: „Wer gut ſchmiert, der fährt auch gut" und „Fuhrmannstaſche ſteht allzeit offen", und gaben ihren Kutſchern nie ein Trinkgeld. Wenn aber ein Fuhrmann nicht mehr fahren will, dann knallt er mit der Peitſche, und ſo thaten die Beiden auch. Sie hieben um ſich, wenn ſie an einander vor=

bei mußten, und trafen erst ihre Pferde und dann sich
selbst und dann stiegen sie gemächlich von den Kutschen=
böcken herab und Einer schrie dem Andern zu: „Schlägst
du mir meinen Juden, so schlag ich dir deinen", und
so hieben sie gegenseitig ihre Herren und hielten dann
die Hand auf und wollten die Heldenthat bezahlt ha=
ben, wie die Bauern in Finkenbach, die ungeheißen ihrer
Herrschaft Galgen abbrachen und sich dann Bezahlung
ausbaten. Das war im Jahr 1848. Aber die Ge=
schichte von den beiden Handelsleuten, die kein Trink=
geld gaben, ist viel älter, und wenn man das Sprich=
wort: „Schlägst du mir meinen Juden" in Hessen oder
sonst wo braucht, so denkt man an das andere Sprich=
wort: „Wirfst du mir einen Stein in meinen Garten,
so werf ich dir wieder einen in deinen Garten", „wie
du mir, so ich dir." Das ist so nach dem Weltver=
stand, wie Fuchs und Storch, die sich gegenseitig zu
Gaste laden; nach dem Himmelsverstand heißt es aber:
„Stellet euch nicht dieser Welt gleich."

20.

„Vom Gaul auf den Esel."

Nun so wären wir glücklich unter die Kutscher ge=
rathen, in eine feine Gesellschaft, das muß man sagen,
und um so feiner, wenn sie bei Regenwetter übel ge=
launt und bei Sonnenschein faul sind, oder einen Eng=
länder oder eine Dame fahren sollen und plötzlich den
Weg vergeßen haben und die Taxe. Aber da vom

Kutscherbock bis auf den Gaul nur ein Schritt ist, so
fällt mir noch ein Histörchen ein von einem Bauern, der
betrübt seines Weges daher kam, denn er hatte sich
eben von seinem Kameraden, seinem Gaul, trennen müßen,
und das that ihm wehe. Er hatte ihn nämlich dem
Schäfer gebracht, der zugleich Abdecker war, und der
hatte ihm siebenthalb Gulden dafür gegeben, und das
war ein neuer Grund zur Betrübnis, denn wenns ein=
mal ans Verkaufen geht, so nimmt Einer für seinen
Gaul lieber mehr als weniger und setzt ihm als ein
guter Roßkamm bunte Ohren auf, brennt ihm die Zähne,
färbt ihm die weißen Haare des Greisenalters, schert
ihm die Beine und bearbeitet ihn mit der Peitsche so
lange, bis er die letzte Kraft zu künstlichen Sprüngen
zusammenrafft und sogleich bockt, wenn er nur die
Peitsche hört. Das Alles wollte an dem Gaul, den
der Bauer zum Schäfer führte und um siebenthalb
Gulden verkaufte, wahrscheinlich nicht mehr verfangen,
und darum war der Bauer betrübt. „War er denn
krank, Euer Gaul?" so fragte ein theilnehmender Freund.
„O bewahre!" „Oder war er zu alt?" „Auch das
nicht." „Nun was war denn mit ihm?"

„Ja seht, Herr", sagte der Bauer, „das war eine
sonderbare Sache mit dem Gaul. Freßen und Saufen
thats noch; die Gesinnung war auch noch gut, aber
die Beine waren nichts mehr nutz und da konnten wir
nicht mehr zusammen l a n d e n." War das nicht Grund
zur Betrübnis? „Denn mit kranken Beinen ist schlimm
laufen."

Und nun vom Gaul auf den Esel! Nichts leich=
ter, als das, denn einmal gehören die beiden Thiere
in e i n e Familie, so scheel sie sich auch von der

Seite mögen ansehen und den Gruß vergeßen. Und dann, wenn Einer hoffärtig auf einem hohen Gaul reitet, und hat kein Futter für ihn und hat Sattel und Zeug nicht bezahlt, geschweige denn den Gaul selbst, so kommt er vom Gaul auf den Esel, und wer sich zum Esel macht, der muß Säcke tragen.

Das ist so ein Stücklein von den Eseln im All= gemeinen, nun aber auch eines von einem Esel insbe= sondere. Auf einem Hofe, der auch viel Rindvieh züch= tete, hielt man einen Esel, der hatte es sehr gut, und war darum ein sehr nützliches Thier. Er war fast im= mer auf der Weide; wo er fraß, da wuchs es, wo er stallte, da düngte er, und wo er sich wälzte, da zer= brach er die Schellen, und seine ganze Arbeit bestund darin, daß ihn ein sehr geduldiger Bauernbube früh Mor= gens an ein Wäglein spannte und mit ihm Milch zur Stadt fuhr, ihm auch dabei erlaubte, in den Straßen zu singen und die Strohhalmen aufzulesen und dann wieder langsam zur Weide heimzugehen. Aber einmal muß sich doch unser Milchesel in etwas übernommen haben, denn er wurde zum Leidwesen seines Füh= rers krank und konnte seinen Dienst nicht thun. Da schickten sie ihn schon am Morgen auf die Weide und gaben ihm gute Worte, er solle sein pflegen und sich nicht über Gebühr anstrengen mit Sorgen und Freßen und Wälzen; aber vor den Milchkarren spannten sie einen Ochsen, der sollte für den Esel den Dienst thun. „Wenn das gut thut“, sagte der Bube, der ihn ein= schirrte, „so will ich Hans heißen, denn so ein Ochs hat auch seine Ehre im Leib und geht lieber zu Zwei, und wo er einem auf die Füße tritt, da wächst kein Gras.“ Und den Buben hatte seine Ahnung nicht be=

trogen; der Ochse und der Bube konnten nicht mit
einander fahren. Der Ochse lief, als wollte er einen
Hasen erlaufen und der Bube schlug auf ihn, als hätte
er den Esel unter den Händen, genug, sie mußten sich
von einander scheiden. Der Ochse gieng durch, warf
den Milchkarren um und die Milch ward verschüttet.

Das war viel Jammer auf einmal für den Bu=
ben, und seine Noth stieg, als der Herr Verwalter kein
Einsehen haben wollte, und den Unglücklichen auch noch
ohrfeigte. Aber da empörte sich des Buben Stolz, er
richtete sich empor und sagte brüllend: „Zu einem Esel
hab ich mich verdingt und nicht zu einem Ochsen, und
Ihr schlagt mich auch noch!"

Druck von Kohler & Teller in Offenbach a. M.

Inhalt.